Günter Kunert

Im toten Winkel

Ein Hausbuch

Carl Hanser Verlag

Marianne gewidmet,
die außer der Lektüre meiner Texte
auch noch mich selber erträgt.

1 2 3 4 95 94 93 92
ISBN 3-446-13287-2

Satz: Fotosatz Janß, Pfungstadt
Druck und Bindung: Kösel, Kempten
Printed in Germany

Vorwort

> »Der geneigte Leser wird sich gefällig erinnern, mehrere der eingebrachten Erzählungen und Anekdoten anderswo auch schon gehört oder gelesen zu haben, wäre es auch nur im ›Vademecum‹, von welcher Allmende oder Gemeinwiese sie der Verfasser zum Teil selber gepflückt hat. Doch ließ er's nicht beim bloßen Abschreiben bewenden, sondern bemühte sich, diesen Kindern des Scherzes und der Laune auch ein nettes und lustiges Röcklein umzuhängen, und wenn sie darin dem Publikum wohlgefallen, so ist ihm ein schöner Wunsch gelungen, und er macht auf die Kinder selbst keine weiteren Ansprüche.«

So leitet Johann Peter Hebel sein »Schatzkästlein« ein, in welchem auch wir Heutigen noch die erstaunlichsten und seltsamsten Darstellungen menschlichen Denkens und Agierens finden. Eindeutig aber erwies sich der evangelische Prälat als Mittler: In seinen Texten meldet sich eine Welt an, die vordem solchermaßen unerkannt gewesen war. Unter dem »lustigen Röcklein« lauert der Schrecken, Unheimlichkeit und das sich selber immer fremder Werden des Menschen, dessen Gottheiten und Herrscher ihre Anschaulichkeit verlieren, um zu anonymen »Sachzwängen« zu mutieren. Seine Epoche ist die der Aufklärung, eine Zeit des Sammelns und Sichtens, der Enzyklopädien und Lexika, der Wörterbücher und Übersetzungen, eines archäologischen Sinnes, der sich anhand von Artefakten einer vergangenen wie gerade noch existierenden Wirklichkeit versichern will. Es ist dies der Übergang vom 18. zum 19. Jahrhundert, das sich von dem soeben entdeckten Geschöpf mit Namen »Mensch« ab- und den objektiveren Dingen wie Chemie und Physik zuwendet. Hebel bezeichnet diese Grenze. Seine Methode ist daher die der Zusammenfassung des scheinbar Unvereinbaren, das sich dennoch durch seine individuelle Sicht zu einer Einheit zusammenschließt. Bücher dieser Art werden nach ihm selten: Naturwissenschaft und Lyrik, Philosophie und anekdotisches Erzählen, Mitteilung von Tatsachen und Fantasmen werden künftig säuberlich geschieden. Die Differenzierung schafft sowohl Ordnung wie die damit verbundenen Verluste literarischer Möglichkeiten. Bücher der Hebelschen Art verschwinden vom Markt. Die Tradition, der sie entstammen, nämlich die des Almanachs, stirbt ab. Zwar publizieren noch die bekannten Verlage in den zwanziger und dreißiger Jahren unseres Jahrhunderts Almanache, doch diese haben mit den klassischen Sammelwerken nur noch den Namen gemein: Sie sind im Grunde umfangreiche Prospekte der Verlagsproduktionen und keine eigenständigen Veröffentlichungen mehr. Zeitungen, Zeitschriften, Magazine und Broschüren sind an die Stelle des Almanachs getreten.

Derlei bunt gemischte Bücher, deren Inhalte sich von ihren »gemütlichen« Vorgängern unterscheiden, erscheinen hier und da verstreut unter den späterhin berühmten Namen Brecht und Tucholsky, Bloch und Benjamin. Der Zweck ist dadurch bestimmt, daß der Leser, nach Lust und Laune blätternd, einen Text aufnimmt, um sich anhand dessen seine eigenen Gedanken zu machen, die bekanntlich frei sein sollen. Der Umgang mit solchen »Lesestücken« oder »Gedankenbildern« ist ein gänzlich anderer als der mit einem Gedicht, einer Erzählung oder einer sachbezogenen Abhandlung: Er gleicht tatsächlich dem Kramen in einer Schublade, aus der man etwas ans Licht zieht, um es betrachtend hin und her zu wenden, ein Fundstück, dessen endgültige Einordnung nicht sicher ist.

Damit wäre zu den folgenden Seiten alles Einleitende gesagt, das mit einem weiteren Hebelschen Zitat beschlossen werden soll:

> »Übrigens, sagt die Verlagshandlung, findet sich das Beste nicht sogleich am Anfang, sondern in der Mitte, und wie an einem Ballen Tuch am Ende des Büchleins, (...) Sie rechnete auf viele Leser, die, wie die Bekenner des mosaischen Gesetzes, dort zu lesen anfangen, wo andere aufhören.«

Günter Kunert
Kaisborstel, im April 1992

Das dritte Auge

Durch eine geheimnisvolle Schädeloperation das »dritte Auge« erhalten und dadurch viele merkwürdige Visionen erlebt: Von manchen könne er nicht einmal sagen, ob sie nicht sogar Wirklichkeit gewesen, in welche er nun habe einen Einblick tun können. So etwa hätte er eine Reise in die eigene Kindheit erlitten: Er sei nämlich immer kleiner und ferner geworden, wie man durch ein Zoom-Objektiv das Objekt nicht nur heranholen, sondern auch von sich wegschieben könne. Genauso sah sein drittes Auge ihn perspektivisch dahinschwinden, bis er nur noch Fötus und endlich nur noch Spermie war. Dabei widerfuhr ihm durch die Zeitraffung, daß er alle Freude und allen Schmerz seines Lebens noch einmal verspürte – wegen der zeitlichen Kürze jedoch in höchster Konzentration. Er weinte, lachte und ächzte gleichzeitig, was zur unauflöslichen Vermischung der sonst getrennt auftretenden Phänomene führte. Dadurch aber wurden die Ursachen der Gefühlsausbrüche selber ganz unklar. Diese Verwirrung hörte übrigens nach der Rückkehr aus der Kindheit nicht auf, so daß ihm nichts anderes übrigblieb, als durch eine geheimnisvolle Schädeloperation das dritte Auge entfernen zu lassen, um die lebensnotwendige Ordnung in seinem Innern wiederherzustellen.

Szenen aus dem Alltag

Der Blick um die Ecke nimmt ein Aufblinken wahr: Mehrere Autos, von einigen unvermittelt Verstorbenen besetzt, blockieren mal diese, mal jene Straße. Oder daß eine Hand schon wieder zwei Tabletten in Wasser auflöst und zum Munde führt. Oder diese Frau ohne weitere Bekleidung, die gelangweilt anatomische Details präsentiert, als meine sie tatsächlich damit etwas Ernsteres, wovon wir befürchten, daß wir es mißverstehen, nämlich als simple Aufforderung. Ach, Unsicherheit ist das Kennzeichen unserer Tage. Kaum öffnen wir die eine Tür, empfängt uns persönlich eine Delegation zum Empfang unerwartet Eintreffender, wir erhalten Blumen, Plastik, versteht sich, und kaum haben wir eine andere aufgeklinkt, begrüßen wir schon uns gänzlich fremde Leute, von denen wir nicht ahnen, was sie von uns wollen: Gutes bestimmt nicht. Und das Schlechte müssen wir ja für uns behalten, weil wir es, wie die Luft zum Atmen, fürs Überleben brauchen. Manchmal reisen wir auch ab und kommen sogar an, sind dann jedoch, selbst bei umgekehrter Reihenfolge, trotzdem nicht zu Hause. Häufig gehen wir nur so einfach zwischen Feldern dahin, dann taucht ein Hubschrauber auf und nähert sich klappernd, und wir, obschon nicht sicher, wen sie suchen, nehmen dennoch eine unverdächtige Haltung ein und schlendern weiter in den Schutz irgendeines Baumes, hinter dem wir hervorspähen, bis das lärmende Rotieren verschwunden ist. Es scheint jedenfalls, hier sind wir auf der Welt. Denn was uns auch immer begegnet, davon haben wir bereits Kunde: Nichts überrascht mehr. Wir könnten auch mit erhobenen Armen unter den Helikopter treten und uns abknallen lassen, weil wir das auch schon kennen. Ebenso ließe es sich machen, daß wir tot in einem Auto säßen und aufs Begraben warteten – daß es diesmal andere sind, bietet keinen Anlaß zu Verwunderung.

Nur zum Abendbeginn am sonst klaren Himmel vor der Sonne die aschgraue Wolke, deren Umriß gleißender ist, als man es Gold zuschreibt, paßt nicht in das gewohnte Konzept. Ihr Anblick ist ungewöhnlich, oder erscheint doch zumindest so. Und wenn es auch keine richtige Beunruhigung wird, was sie verursacht, dann immerhin doch eine Stockung im Ablauf, welcher nach kurzer Zeit, sobald das Leuchten aufgehört hat, seinen Fortgang nimmt.

Beinahe klassische Begegnung

Sie nahte sich mir während meines Schlafes: Auf einer Wiese ich, sie vermutlich unter Gebüsch hervor. Erst als sie auf mir Platz nahm, wurde ich ihrer erwachend gewahr und hob die Lider. Über mir dicht lichte Bernsteinaugen, alles übrige Kröte, riesig, ja, fast gigantisch zu meinem Entsetzen, das mich derart lähmte, daß ich wie ein Leichnam reglos unter dem Tier verblieb, des Todes schon gewiß, bis es das Maul öffnete und mich ansprach:

»Ich bin eigentlich eine Prinzessin«, hieß es, und da ahnte ich schon, was gleich verlangt werden würde. Mit starkem Widerwillen erblickte ich die wulstigen Ränder des Maules, eine sich rundende Öffnung, darin eine klebrige Zunge beim Reden sich mühsam bewegte. Schicksalsergeben schloß ich die Augen und spürte auf meinem Mund den immer intensiveren Druck gummiartigen, doch kühlen Gewebes. Nichts weiter geschah. Endlich ließ er nach, und ich merkte, wie sie von mir herunterkroch. Meine Augen erneut öffnend, sah ich die ihren in Tränen.

»Es hat nicht geklappt«, sagte sie, »wieder einmal nicht. Wie oft habe ich es nun schon versucht. Vielleicht liegt es an den jeweiligen Herren, an der mangelnden Reaktion des Partners, daß die Verwandlung stets unterbleibt ...«

Um sie nicht noch mehr zu betrüben, unterdrückte ich die Frage, wieso sie denn glaube, eine Prinzessin zu sein, und nickte statt dessen zustimmend, bevor sie sich von mir abwandte, um unter ihrem Busch zu verschwinden.

Science-fiction

... sie sei von einem Marsmenschen geschändet worden, und beschrieb die Untat so detailliert, wie es ihr möglich war. Ihr Gedächtnis gab jedoch nicht viel her. Der Marsmensch habe sich ihr, wie sie angab, in der Maske eines Erdmenschen genähert, ohne daß sie die Maskerade gleich habe durchschauen können. Nein, nein, grün sei gar nichts gewesen, auch später nicht, obwohl sie sich zu ihrem Bedauern außerstande sehe, den eigentlichen Moment vor ihr inneres Auge zurückzurufen. Sie habe schließlich nur so dagesessen, im Park auf einer Bank, und nichts Böses gedacht, weil das nicht ihre Art sei: Böses zu denken. Das liege ihr nicht. Das überlasse sie lieber anderen. Marsmenschen etwa. Der nun hockte also plötzlich neben ihr, grüßte höflich, infam höflich, wie sie heute weiß, und bot ihr nach einigen Worten über das sommerliche Wetter aus einer frisch angebrochenen Pakkung ein Stück Schokolade an, das sie niemals hätte annehmen dürfen, da sie bereits in frühester Jugend durch ihre Eltern davor gewarnt worden war. Doch nun waren die Eltern seit langem tot, so daß niemand die Warnung zu wiederholen vermocht hätte. Die Warnung war vergessen, beziehungsweise: ihr zu spät eingefallen. Nämlich erst in dem Moment, da sie die süße braune Masse herunterschluckte. Gleich danach schwanden ihr die Sinne. Sie ahne nicht einmal, wie lange ihre Bewußtlosigkeit angedauert habe – vielleicht nur Minuten, vielleicht gar Stunden. Jedenfalls lag sie nach dem Erwachen auf der besagten Bank, fast wie aufgebahrt, freilich ohne gefaltete Hände, den Rock züchtig über die Knie gezogen, und doch stimmte etwas nicht mit ihr. Als sie sich nämlich aufrichtete, merkte sie: Ihr Unterbeinkleid war fort. Direkt vom Körper verschwunden. Das war ja wohl eindeutig.

Obgleich sich an ihrem Leib keinerlei Anzeichen oder Spuren gezeigt hätten, hielte sie die Notzucht doch für erwiesen, da ihr gänzlich anders zumute gewesen sei als vordem. Etwas war bestimmt mit ihr geschehen. Und was sonst könne das gewesen sein als eine unerlaubte, heimliche, ja, heimtückische Begattung?! Sie habe außerdem neun Monate später höchst eigentümliche physische Zustände gehabt, ohne daß dabei allerdings ein Kind herausgekommen sei.

Wieso sie ausgerechnet auf einen Marsmensch verfallen wäre, wurde gefragt: Denn selbst wenn ihre Angaben stimmten, so gäbe es doch für die exoterrestrische Herkunft des Unholdes keinen Beweis in ihrer Geschichte.

Zwar fehle ihr ein faktischer Beweis, erklärte sie entschieden, und sie könne wenig mehr ins Feld führen als ihre innerste Überzeugung. Die möge man anzweifeln oder gar verspotten: Sie wisse es besser. Sie verweise auf den unerschütterlichen Grundsatz des Credo quia absurdum. Gerade die Unwahrscheinlichkeit des ihr Zugestoßenen bürge für die Tatsache selber: »Es war ein Kerl vom Mars! Wenn Sie nur sein Gesicht erblickt hätten! Und sein seltsam geformtes Ohr! Und die Schokolade war so süß, so ungewöhnlich süß –«, und während sie den Inhalt ihrer Handtasche zur Kontrolle darbot, versuchte sie, ein zerknülltes Stück Schokoladenpapier in der Hand zu verstecken, das aus dem Ereignis herzustammen schien.

Märchen

Märchen weben ihre Schleier am Rande des Todes und der Verblendung. Ich erinnere an all den vergifteten und verzauberten Trödel, Spinnwirtel, Flaschengeister, Deckdichtischlein und faule Schätze, Gold vortäuschend, doch eigentlich nur Kraut und Rüben, als die sie sich dem betroffenen Schatzsucher alsbald entpuppen. Zwar gilt für fast alle Beteiligten die stereotype Schlußformel vom Weiterleben mangels Gestorbenseins bis zum heutigen Zeitpunkt, doch man ahnt: Sie sind tot, wie einer nur tot sein kann. Beispielsweise Schneewittchen: Wie sie in jene Unterkunft geriet, noch dazu auf der Flucht, in dieses dürftige Asyl mit winzigen Tischen und Stühlen, Tellerchen, damit geizigerweise an Lebensmitteln gespart werde, Becherchen, die Getränke zu minimieren, und wie sie erschöpft einschlief und erst aufwachte, als diese deformierten Gestalten auf ihr herumkrochen und sie mit kalten Fingern betasteten. Sie hat das wohl eine Weile ertragen, um dann in einem Moment geminderter allgemeiner Aufmerksamkeit das toxische Fruchtbonbon zu schlucken.

Offenkundig suchten ihre fragwürdigen »Gastgeber« sie so lange wie möglich vor der Verwesung zu bewahren, der Glascontainer weist darauf hin, bis die Natur sich nicht länger betrügen ließ. Die Geschichte von der Wiederbelebung mittels direkter Mundbeatmung durch einen zufällig auftauchenden Adligen klingt einfach zu schlecht erfunden, um überzeugend zu sein. Aber irgend etwas mußten sie ja erzählen, da Schneewittchen nicht mehr vorhanden war, sondern angeblich in dem Käseglockenbehältnis, von dem übrigens nie wieder die Rede sein wird. Wo sie sie tatsächlich gelassen haben, nachdem sie versucht hatten, das Koma auf irgendeine Weise zu beenden, kam jedenfalls nie ans Tageslicht. Verdächtig genug, daß diese Gesellen sich selber als »Zwerge« bezeichneten. Indem sie sich als klein und freundlich schilderten, beabsichtigten sie eine Entlastungskampagne, um ihre Verantwortung für das Schicksal des Mädchens herunterzuspielen. Sie sind sehr wahrscheinlich selber die Autoren der Legende, die ein glückliches Weiterleben der Hauptfigur behauptet, ohne daß sie jemals auch nur andeutungsweise den geringsten Beweis dafür zu liefern unternommen hätten. Und das ist ja wohl eindeutig genug.

Yeti

Wahr ist wenigstens, daß ich in der Zeitung gelesen habe, eine russische Expedition unter Führung des Zoologen Nikolai Kutorgin habe sich nach Westsibirien aufgemacht, in das Tjumen-Gebiet, wo die Menschen ihren Hunger mit Geheimnissen stillten und der Yeti beheimatet wäre. Ebenso las ich, eine frühere Forschergruppe sei vordem dortselbst verschollen, spurlos, und mithin auf eine Weise, die durchaus dem Staatswesen entspricht: Das Reich ist zu groß und zu unübersichtlich, als daß das Individuum, tot oder lebend, Beachtung erwarten dürfte.

Auch von der letzten Expedition kamen nur Klagen über Nahrungsmittelmangel, der einzig durch Opferbereitschaft und Einsicht in die Notwendigkeit des Unternehmens auszugleichen war. Dann jedoch: Überhaupt keine Rückmeldungen mehr. Und das Tjumen-Gebiet ist viel zu umfangreich, als daß es vom Flugzeug aus kontrolliert werden könnte. Alles Taiga, niedriger Buschwald, wo, wer sich duckt, unauffindbar wird. Wie beispielsweise Yetis, von denen man am Lagerfeuer einander Seltsames zuraunt. Oftmals kreisen die Gespräche nächtelang um jene unbekannte, niemals erblickte und durch Unkenntnis zum Monstrum entartete Gestalt, von der aber einer der alten Jäger mehr mitzuteilen wußte. Nach Zusichnahme einer gewissen Menge Fliegenpilz-Extrakt verriet er den atemlos Lauschenden, er habe in seiner Jugend einmal einen Yeti getroffen – um in demselben seinen vormals verschwundenen eigenen Onkel wiederzuerkennen! Und der Yeti, vielmehr: sein Onkel, enthüllte ihm ungefragt das Rätsel der yetischen

Existenz: Sie seien gewöhnliche Leute, die sich entschlossen hätten, als Tiere weiterzuleben. Menschsein sei einfach zu anstrengend und fragwürdig. »Sie haben die Last abgeworfen!« rief der alte Jäger ekstatisch aus, bevor die Wirkung des Substrates nachließ. »Sie sind frei!« Eine Behauptung, sowohl wissenschaftlich unhaltbar wie forensisch unüberprüfbar. Zoologe Kutorgin hatte vor dem Aufbruch ins Tjumen-Gebiet fest daran geglaubt, auf verstreute Einzelexemplare einer albinoartigen Bärengattung zu stoßen. Ja, darüber hinaus besagte seine Hypothese, daß kurzfristig in der Taiga verirrte Jäger oder sonstige Personen auf Grund ihrer schwindenden Kondition sowie durch Kenntnis der Yeti-Legende optischen Halluzinationen zum Opfer fielen und dergestalt, nach Rückkehr in die Zivilisation, die Legende immer wieder erneuerten.

»Es gibt keine Freiräume für außergewöhnliche und unentdeckte Geschöpfe!« stand im Nachruf der Moskauer Akademie der Wissenschaften, mit der sie einerseits des Zoologen Kutorgin gedachte, andererseits den Gerüchten entgegentrat, die aufgrund eines Aberglaubens blühten, der offenkundig durch keine Vernunft heilbar war.

Wunscherfüllung

Entgegen aller Aufgeklärtheit unserer Gegenwart gehen in letzterer immer noch Feen um. Freilich unauffälliger gekleidet als ehedem, weniger pompös und nur dezent modisch, so daß sie dem von ihnen Erwählten erst auffallen, sobald sie sich ihm unmittelbar präsentieren. Wie neulich in der kleinen Stadt Itzehoe in Schleswig-Holstein einem Geschäftsmann, vor den eine ältere Dame hintrat und den Ausweis zog, um sich als diensttuende Fee vorzustellen. Zwar war der Geschäftsmann äußerst überrascht, jedoch zugleich von der Legitimation überzeugt und außerdem erfreut, daß ihm, wie er vernahm, ein durch nichts begrenzter Wunsch freistehe. Bald lugte die Fee unauffällig auf ihre Armbanduhr, denn der Geschäftsmann – wie wohl jeder in seiner Lage – war in panisches Grübeln geraten, um durch diesen einen und einmaligen Wunsch auch ja ein Maximum an Erfüllung zu erreichen. Und obschon ihn die Fee warnte, daß der Wünschende leicht sich selber betrüge und schließlich ärmer als vorher dastehe, glaubte der Geschäftsmann einen genialen Einfall zu haben.

»Ich wünsche mir nur«, sagte er mit falscher Bescheidenheit, »nichts weiter als deine feeischen Fähigkeiten zur Wunscherfüllung!« Damit meinte er die Ausgangsposition für alles überhaupt nur erdenklich zu Ersehnende erlangen zu können. Der unvorstellbare Reichtum der ganzen Welt schien ihm auf einmal greifbar – er benötigte künftig nur ein paar Strohmänner, sie das wünschen zu lassen, was *er* besitzen wollen würde. Mit dem Versprechen einer Gewinnbeteiligung, etwa ein bis zwei Prozent, fände man Helfershelfer genug. Und Betrugsversuche ließen sich auf dem Wunscherfüllungsumweg nachträglich korrigieren. Unehrliche Handlanger, das nahm er sich vor, werde er in Wildkaninchen verwandeln – schließlich war er ja auch Jäger.

»Es sei!« sprach die Fee und schwenkte einen bleistiftkleinen Stab, während der Geschäftsmann aufgeregt das Ergebnis erwartete. Da er jedoch keine physische oder psychische Veränderung verspürte, frug er, woran wohl zu erkennen wäre, daß jetzt ihre Fähigkeit auf ihn übergegangen sei? Darauf die Fee: Er brauche ja nur ihr einen Wunsch erfüllen, um sich zu überzeugen. Gesagt, getan. Doch kaum hatte er zugestimmt, hörte er mit wachsendem Entsetzen, wie sie die Rückgabe ihres außerordentlichen Talentes forderte. Er wollte ihr die Erfüllung verweigern, merkte aber, daß er dem Prinzip nicht widerstehen konnte, da sein Kopf unfreiwillig und gewährend nickte. Anschließend reichte ihm die Fee abschiednehmend die Hand, mit der kaum tröstlichen Anmerkung, so verlaufe der Vorgang seit Jahrhunderten. Weil das Gesetz besage: Je größer der Wunsch, desto geringer die Aussicht auf Erfüllung! »Ja, mein Freund«, setzte sie hinzu, »ein gutes Essen, ein gelungenes Geschäft, ein friedlicher Feierabend – das hätte bessere Chancen gehabt!« Und sie erhob sich eine Handbreit über den Boden, um durch die Tür davonzuschweben.

Zur Besuchszeit

Wo und wann ich diesen Bericht über einen bemerkenswerten Irrtum gehört habe, weiß ich nicht mehr, vergaß Zeit, Ort und Erzähler über dem Erstaunlichen des mitgeteilten Vorganges, der darin bestand, daß ein Jemand seinen Vater im Altersheim besuchte. Der Besuch verlief nach gewohntem Ritus, demzufolge der Sohn den seit langem bewegungsunfähigen Erzeuger im Rollstuhl durch den kleinen Park des Heimes fuhr, wobei die beiden ungleich alten Männer sich zu unterhalten pflegten. Da nun der Jüngere diese in Decken gehüllte, mit einer wärmenden Wollkappe versehene Gestalt, deren Antlitz ja von ihm abgewandt war, vor sich herschob, kreisten beider Rede und Gegenrede wie üblich um Banalitäten: Witterung und Krankheiten, die Qualität des Mittagessens, Schlaflosigkeit, organische Befindlichkeit, Verdauung, Stuhlgang, Erinnerungsbruchstücke aus gemeinsamer Vergangenheit. Bis die Stunde des Ausfluges vorbei war und der Sohn den Vater vor die Pforte rollte, wo bereits eine Pflegerin wartete. Und erst im Moment des Abschiedes, da der Sohn sich zum Vater hinabbeugte, die verrunzelte Wange zu küssen, erkannte er, daß es sich um einen ihm völlig fremden Greis handelte, um einen ihm gar nicht gebührenden Vater, mit dem er in familiärer Kommunikation und in gemeinsamen Erinnerungen versunken über die Kieswege sich bewegt hatte. Dieser Umstand, der ihn in einer Filmkomödie höchstlich amüsiert hätte, verblüffte ihn nun dermaßen, daß er es sogar verabsäumte, nach seinem echten Vater zu schauen, von dem er während seiner Nachhausefahrt hoffte, jenem möge wenigstens ein gleichartiger Irrtum zugestoßen sein, ohne diesen als solchen erkannt zu haben.

Vorsicht, Kamera!

Weil allseits bekannt, daß Fernsehteams mit versteckter Kamera Leute unbemerkt zu filmen pflegen, um ihr Verhalten einem stets schadenfreudig gestimmten Millionenpublikum vorzuführen, geriet unser Mann in eine nahezu ausweglose Situation. Jemand schlug ihm im Vorbeigehen mit der flachen Hand auf den Hut, so daß dieser über Ohren und Augen getrieben wurde: ohne Vorwarnung, ohne drohendes oder beleidigendes Wort, ohne Kommentar. Nachdem die ruckartig verursachte Blindheit aufgehoben und unser Mann von dem Schock genesen war, hatte der Angreifer, jener seltsame Spaßvogel, sich längst in der Menge auf dem Bürgersteig verloren. Unser Mann zögerte, ungewiß, was er von dem Vorfall halten sollte und ob eine Meldung bei der Polizei angebracht sei, bis ihm plötzlich einfiel, daß es sich hierbei höchstwahrscheinlich um einen der lustigen Streiche des Fernsehens handeln dürfte, also von irgendwoher eine verborgene Kamera auf ihn gerichtet wäre, und so unterdrückte er sogleich die vordem mimisch offenbarte Angst und Wut, verzog das Gesicht zu einem liebenswürdigen Lächeln und ging mit gefestigten, fast sportlichen Schritten weiter, als sei nichts geschehen. Dabei versuchte er aus den Augenwinkeln zu erkunden, wo sich die Kamera befinden mochte. Eigentlich fühlte er sich sogar geschmeichelt, auserwählt worden zu sein. Bis ihn eine Frau aus einer Toreinfahrt heraus ansprach und er sofort stehenblieb: Aha, dachte er, und nochmals: Aha! Wieder so eine lustige Falle, in die er, nun gewarnt, keineswegs unvorbereitet tappen würde. Er lächelte darum die Frau freundlich an, ohne recht zu verstehen, was sie von ihm wollte, da sich seine ganze Aufmerksamkeit zwischen seine Schulterblätter konzentrierte, auf die er das Objektiv zielen fühlte. Sie fingerte an seinem Hosenbund herum und zog auch den Reißverschluß auf, als sei das hier in aller Öffentlichkeit üblich. Und eben aus der Unüblichkeit des Vorganges schloß er mit Sicherheit, daß es sich nur um eine geheime Inszenierung handeln konnte. Ein Test – was denn sonst! Er lächelte also weiter, obschon es ihm peinlich wurde, wie diese Frau sich vor aller Augen – denn inzwischen waren Passanten stehengeblieben – mit seinem Glied beschäftigte, als wäre man seit langem intim miteinander. Einige der Umstehenden lachten, andere beschimpften ihn: Alles Komparsen, das war klar, denn die richtigen Fußgänger wurden natürlich durch Nebenstraßen umgeleitet. Er lüftete grüßend den immer noch leicht verbeulten Hut, weil ihm das am unverfänglichsten erschien: Er wollte vor der Kamera nicht so hilflos wirken wie seine Vorgänger; er würde sich überlegen verhalten, die Lage meisternd. Endlich begann eine ältere Frau, fast eine Greisin, die, wie unser Mann fand, mit bedeutendem schauspielerischen Talent ein Humpeln markierend, hinzugekommen war, mit ihrem Requisit, einem Krückstock, auf ihn einzuschlagen. Er lächelte gemessen und nickte ihr zu: Sie denken wohl, ich weiß nicht, was hier vorgeht. Doch nachdem sie seine Kopfbedeckung beseitigt hatte, mußte sie eine kleinere Arterie getroffen haben, da ein anhaltendes Rinnsal an seiner rechten Schläfe herablief und auf das Revers seines hellen Jacketts tropfte. Irgendwer stieß ihm eine Faust in den Rücken, aber er verzog keine Miene, weil er wußte: Darauf warten die nur! Dann erschien ein Herr, offenkundig als Polizist verkleidet, seine lässige Art sprach gegen das echte Berufsverhältnis, und der nun legte seine Hand auf die blutige rechte Schulter, das heißt: er hob sie nur und scheute vor der Berührung zurück, was ihn als Kleindarsteller entlarvte, denn Polizisten scheuen bekanntlich kein Blut, und gab vor, unsern Mann zu verhaften. An dem Beifall rundum merkte dieser, daß sich die Filmaufnahme ihrem Höhepunkt zu nähern schien. Er fragte sich heimlich, ob er seine Hose schließen solle oder ob er damit nicht gerade jene verlegene und ratlose Reaktion zeigte, die erwartet wurde. Es gelang ihm nicht, das Schlitzproblem zu lösen, während man seinen Arm ergriff und ihn wegführte. Gleich, dachte er, gleich wird der lustige Regisseur hinter einer Pappwand hervorspringen und mir die Hand drücken, verblüfft über so viel Haltung und Selbstdisziplin – doch auf dem Weg zum Polizeirevier erschien niemand, und auch niemand in der Wachstube, und in der Arrestzelle schon gar keiner, wo, als unserm Mann ein Licht aufzugehen begann, er alle Fassung verlor, und zwar in einer Weise, wie er es niemals davor von sich vermutet hätte, und wie es seiner augenblicklichen Situation ganz unangemessen war.

Eine ungeschriebene Geschichte

Ungeschrieben: Wie sie da hocken, zwei Männer, ein jüngerer, ein älterer, auf den Quadermauern eines Hafenbeckens, das längst versunken und verschwunden ist. Eine frische Brise lindert die Hitze. Das Meer reibt sich unauffällig an den Steinen und ist durchsichtig bis zum felsigen Grund. Es könnte um die Mittagszeit sein und die Gegend ein kaum bekannter Bereich in der Randzone des Imperiums. Mir ist, als höre ich die Unterhaltung der beiden, gedämpft wie von Leuten an einem Nebentisch im Lokal. Der Ältere erzählt dem Jüngeren voller Emphase von Rom, dessen Anblick und Großartigkeit man sich hier kaum vorstellen kann. Teils ungläubig, teils hingerissen lauscht der Jüngere den Nachrichten aus einer für ihn unerreichbaren Welt. Keiner von beiden ahnt, wie es im gegenwärtigen Moment ihres Gespräches an dem Ort aussehen mag, von dem die Rede ist. Was weiß man denn hier am Pontos Euxeinos schon vom Schicksal des Reiches.

Ungeschrieben: Wie ein Reisender, einer der nur noch wenigen, hier anlandet, im Vorbeigehen Brocken des Dialoges aufschnappt, stehenbleibt und den beiden, dem Älteren und dem Jüngeren, mitteilt, daß Rom gar nicht mehr existiere, aufgegeben vom Kaiser schon lange, von den Senatoren verlassen, entleert von Bürgern, ein Steinbruch für zivilisationsfeindliche Barbaren. Die Konstellation ähnelt einer astronomischen: als empfänge man Licht von einem Stern, den es nicht mehr gibt. Aber im Gegensatz zu diesem unaufhebbaren kosmischen Zustand korrigieren die beiden, der Jüngere und Ältere, den sie verstörenden, indem sie dem Fremden folgen und ihn außerhalb der Ortschaft erschlagen und vergraben. So lebt Roms Glanz und Größe weiter, wenn auch auf irreale Weise – aber auch auf eine logische, denn es war schon immer der Fluch großer Reiche, daß sie solcherart fortexistieren müssen –, durch die Abstraktion fragwürdigen Eingedenkens erhöht und gereinigt, eben auf eine Art, die durch eine einfache Geschichte gar nicht zu beschreiben ist.

Ein Geständnis

Befragt, wo sein Kind sei, schüttelt er vorerst nur den Kopf. Und aus welchem Anlaß er seine Frau getötet habe? Das habe zum Training gehört. Und warum dann den Leichnam auch noch gründlich zerstückelt? Er besitze keinen ausreichend großen Kochtopf, der einen Ganzkörper aufzunehmen vermöchte. Schließlich habe er daheim keine Betriebsküche, sondern nur eine ganz normale wie jeder Durchschnittshaushalt. Im übrigen weise er den Herrn Untersuchungsrichter darauf hin, daß der von ihm, dem Geständigen, mitnichten geleugnete Akt im Ritual des katholischen Abendmahles alltäglich und kein Grund zur Aufregung sei. Er selber halte es sogar für weitaus vermessener und blasphemischer, eines Gottes Fleisch und Blut zu essen und zu trinken, als den Leib der eigenen Frau, auf welchen man immerhin einen juristisch begründeten Anspruch habe. Ihr sollt sein *ein* Fleisch! Wenn das nicht einen unbestreitbaren Rechtstitel bezeichne, könne man ja gleich von Anarchie sprechen!

Gebeten, Zweck und Sinn seiner Tat zu erläutern, zeigt er Bereitwilligkeit und Eifer: Es handele sich selbstverständlich um Überlebenstraining. Darauf hingewiesen, daß es doch seiner Gattin das Leben gekostet habe, betont er sogleich, daß notwendige Opfer dabei nicht zu vermeiden wären. Schließlich sei er derjenige, dem der bedauerliche Verlust der Ehefrau zugestoßen sei, und man solle bedenken, daß zu den Mühen des Nervenkraft kostenden Vollzuges auch noch der Schmerz um die Verstorbene hinzukomme.

Und wozu solche Ungeheuerlichkeit?

Ungeheuerlich sei vielmehr die Stunde Null am Tage X – man wisse, wovon er rede: vom Moment der unausweichlichen Katastrophe, welche sofort das Problem der Selbsterhaltung dringlich aufwerfe. Natürlich unter der Voraussetzung, man erlebe die globale Zäsur überhaupt noch. Für diese Möglichkeit sei Vorbereitetsein alles. Man erinnere sich bitte an die Überlebenden des Zweiten Weltkrieges: Diese Leute waren nicht im mindesten auf die Situation des Zusammenbruches eingestellt und in absolut abwegigen Vorstellungen befangen. Weshalb auch so viele von ihnen verhungerten. Wie die Fliegen auf der Straße umgefallen und krepiert. Wobei man den unzutreffenden Vergleich entschuldigen möge, denn seines Wissens sei noch nie eine Fliege verhungert. Aber alle Welt rede gemeinhin unpräzise daher, wie sie auch unpräzise vor sich hindenke und vor sich hinlebe, aber er, der Geständige, habe damit Schluß zu machen gesucht, ohne ganz gegen Rückfälle gefeit zu sein.

Der Zusammenbruch des Deutschen Reiches wäre mit besserer »Einstimmung« leichter zu überstehen gewesen. Die berüchtigten Mangel- und Notsituationen hätten sich relativ einfach vermeiden lassen, noch dazu unter dem aufklärerischen Aspekt der damaligen Ideologie über den Wert des Menschen. Er jedenfalls rechne demnächst mit dem Schlimmsten und habe nichts anderes unternommen, als dieses Schlimme planvoll und überlegt zu simulieren – wie etwa die Vernichtung sämtlicher Lebensmittelvorräte anzunehmen, einschließlich der Konserven, die ohnehin nur begrenzt haltbar seien. Regenwürmer? Lächerlich. Man braucht Tage, um sich eine nährstoffarme Mahlzeit aus dem Boden zu kratzen. Außerdem zögen sich die Regenwürmer im Winter bis zu drei Meter tief ins Erdreich zurück, und er möchte den sehen, ob Untersuchungsrichter oder nicht, der im Schneegestöber eine derartige Grube aushebt, um an Regenwürmer zu kommen! Man müsse sich so was vors innere Auge rufen, um zu wissen, daß der Unvorbereitete hungergeschwächt keinen Ausweg finden wird und resignierend sich nur noch eigenhändig das verlöschende Leben nehmen kann. Aber – und das sei sein unwiderlegliches Motiv – wäre es denn wünschenswert, sich selber wehrlos dem Verschwinden und zugleich die Erde den strahlungsresistenten Insekten anheimzugeben, dem krabbelnden Gewürm, den schwirrenden Schwärmen, dem bohrenden und saugenden Ungeziefer, das nur darauf warte, das Kommando zu übernehmen? Haben wir als Humanum, als Krönung des Ganzen, als Kulminanten der Evolution nicht eine ethische Verpflichtung zum Überleben? Den Planeten, wenn auch in reduzierter Anzahl, weiter zu beherrschen – und sei dieser zwingenden Hauptaufgabe nicht alles sonstige unterzuordnen?

Allein aus dieser unabweislichen Erkenntnis heraus habe er dem Geschäftsführer der Supermarktfiliale die Finger abgehackt, einen nach dem anderen, aber nicht etwa aus Vergnügen oder Perversion, sondern weil die künftige Lage dazu führen dürfte, mit physischem Nachdruck gehortete oder versteckte Nahrungsmittel ihrem Verheimlichtsein zu entreißen. Freilich: Sobald es erst einmal soweit sein würde, stünde man solchem Faktum ratlos gegenüber und hätte keine praktische Verhaltensweise parat. Dann erst anzufangen, Unangenehmes auszuprobieren, mit körperlicher Gewalt herumzuexperimentieren, das halte er für fahrlässig, ja für äußerst gefährlich. Übe dich beizeiten, heiße sein Wahlspruch.

Und er habe sich geübt. Es sei ihm weiß Gott nicht leichtgefallen, den Mann an die Registrierkasse zu binden und dann mit dem Handbeil vom Fleischstand – nun, der arme Teufel habe zwar nicht kapiert, worum es eigentlich ging, habe aber alles gerne und bereitwillig hergegeben, ehe er vorfristig verschieden sei. Natürlich habe man ihn nicht darüber aufklären können, daß es sich nur um eine Übung handele. Der Mann hätte demzufolge vielleicht seine Situation falsch eingeschätzt und nicht wirklich ernst genommen. Es gelte jedoch, den Ernstfall nicht vorzuspiegeln, sondern glaubhaft vorzutäuschen.

Er erinnere an die früheren Luftschutzübungen und Zivilverteidigungsproben, deren unechter und deutlich inszenierter Ablauf die Beteiligten mit erschreckenden Irrtümern ausgerüstet habe. So als könne man am Untergang seiner eigenen Stadt teilnehmen, als Publikum, um anschließend aus der Garderobe den Mantel zu holen und nach Hause zu gehen. Denn was biete man den projektiv Betroffenen schon an? Jodtabletten und weiße Laken und den Rat, sich auf den Bauch zu legen und die Augen vor dem Blitz zu schützen. Auf diese Weise bestünde keine Überlebenschance.

Er hingegen habe die Überzeugung gewonnen, daß das Wesentliche am Überlebenstraining die Unterdrükkung und Abgewöhnung des Ekels sei. Ich bin in den zoologischen Garten eingebrochen, um Elefantenkot zu verspeisen, weil mit Mutanten gerechnet werden muß, die in Elefantenform auftreten könnten. Ich habe Engerlinge gekostet, Ohrwürmer geröstet und Spinnen geschluckt und bin auf die Tatsache gestoßen, daß solche kindischen Vornahmen bestenfalls in der schönen Jahreszeit durchführbar sind. Wie erwähnt: Wie bringt man sich über den nuklearen Winter, von dem manche vermuten, er höre nimmermehr auf?

Das Extreme, vor dem Nerven und Magen kapitulieren wollen, besteht darin, mit Dingen konfrontiert zu sein, deren Bedeutung plötzlich eine andere als die sonst gewohnte ist. Was man vordem nur als ein Stück appetitliches Fleisch ansah, rund und rot, mit einem bleichen Knochen im Zentrum, und das den Sonntagsbraten sowohl in sich barg wie verheißungsvoll versprach, ist nun ein Stück Ihrer Gemahlin und weigert sich, trotz längerer Kochzeit, das Gemahlinnenhafte aufzugeben. Fleisch ist Fleisch, sagen Sie sich, doch das verhindert nicht den Widerwillen. Und die Lösung? Man rufe sich historische Parallelen ins Gedächtnis: frühgeschichtliche Kulte, religiösen Kanibalismus, der zerstückelte und über das Land verstreute Osiris, Marsyas und alle diese Kollegen, zerlegt, zerteilt, gegessen, wiederauferstanden – und auf einmal leuchtet Ihnen ein, wozu Ihre Bildung dient, wozu Kultur entstand, und Sie nehmen Ihre Portion geruhsam zu sich, weil Sie der Mahlzeit etwas beimengten, was diese unerwartet genießbar macht: das Symbolische! Sie merken, das Spirituelle erst zeugt Selbstüberwindung, Mythos würzt, Philosophie glättet die Speiseröhre, und die Sagen des klassischen Altertums bestärken die Verdauungssäfte bei ihrer lebenswichtigen Tätigkeit.

Zudem kam ich rasch dahinter, daß Überlebenswille nicht ausschließlich vom Lebenstrieb hervorgerufen wird und keineswegs allein von der lobenswerten Absicht, die Menschheit zu erhalten und fortzusetzen – sondern auch und erst recht vom Willen zur Erhaltung unserer vieltausendjährigen Kultur, in welcher ich, kraft intensiver Studien, ihr Bedrohtsein und ihr Überdauern als ihre dialektische Erscheinungsweise eingesehen habe. Wenn wir nicht das Letzte und Mörderischste wagen, werden wir untergehen. Dafür sollten auch Sie, Herr Untersuchungsrichter, Ihren Beitrag erbringen und meine Leistung als solche anerkennen. Und was mein Kind betrifft, nach dem Sie so freundlich und besorgt fragten, sehen Sie: Diesen Koffer hier führe ich nicht zufällig bei mir, gefüllt gar, wie Sie denken mochten, mit den Utensilien für eine längere Untersuchungshaft – oh, nein: Meine Absicht war und ist, Sie persönlich durch Augenschein und Gebrauch von meinem Werk zu überzeugen. Das Wort ist Fleisch geworden, und zugleich ist der zelluläre Stoff transformiert in etwas gänzlich anderes, so daß es Ihnen kaum schwerfallen sollte, selber mit der Probe aufs Exempel zu beginnen, verehrter künftiger Mitüberlebender ...

Eine Geschichte ohne Moral

Obgleich ich sie häufig erzählt habe, hat sie Unverständnis hervorgerufen und Verstörung statt Zustimmung oder gar Beifall. Dabei ist ihr Ablauf gradlinig, Einheit von Ort und Zeit ist gewahrt, die Kosten gering: nur ein Menschenleben. Aber das muß man sich schon einmal leisten können.

Es geht darum, daß eine Verkehrsmaschine entführt wird und zwar von einer Frau. Nachdem der erste Schrecken der Passagiere vorüber, entsteht unter ihnen sogar so etwas wie Einverständnis mit der eigenen Entführung, da sie erfahren, der Anlaß des Piratenstückes sei ein junger Mann, den aus einer strengen Diktatur zu befreien, Ziel des Unternehmens wäre. Die Entführerin, mit einer nicht näher beschreibenswerten Waffe den Piloten bedrohend, fordert die Umleitung des Fluges nach eben jenem berüchtigten Land, aus dem sie den Geliebten nach vielen gescheiterten Versuchen auf keine andere Weise zu holen vermag. Das Motiv findet die Sympathie der Fluggäste, ja, wahrscheinlich der halben Welt, für welche diese zeitgemäße Romanze den Nachweis für die Macht und den Fortbestand der Liebe liefert. Weil nun jedoch die junge Frau wenig begütert, der zu Befreiende vermutlich völlig mittellos ist, fordert sie, gleich nach der Kursänderung in Richtung Diktatur, von letzterer zusätzlich eine Million Dollar, was der allgemeinen Zuneigung für diese beherzte Julia keinen Abbruch tut. Der Diktatur bleibt keine Wahl, will sie nicht erneut, was ohnehin gegen ihre Interessen viel zu oft vorkommt, an den Pranger der kritischen Weltöffentlichkeit gestellt werden. So landet die Maschine in der Hauptstadt jenes nicht näher bezeichneten Staates, und eine Schar von Geheimpolizisten führt den Ersehnten, der in einem Köfferchen das Geld trägt, an die Gangway, über die er hinaufeilt, um hinter der sich schließenden Luke zu verschwinden. Die Düsen heulen auf, die Maschine startet, rollt an, hebt ab, steigt auf: An dieser Stelle gilt es, eine Pause einzulegen, um dem Zuhörer Zeit zu lassen, sich vorzustellen, wie die beiden Hauptpersonen der Geschichte in der Kabine einander wiederbegegnen. Die jeweiligen Vorstellungen der Zuhörer müssen nahezu identisch sein – das erkenne ich an dem Lächeln der Befriedigung über den glücklichen Ausgang der Affäre, deren endgültiges Ende aber noch gar nicht gekommen ist. Denn der frisch befreite Romeo zieht unversehens eine eigene Pistole, um seine Befreierin vor aller Augen wie beiläufig zu erschießen. Nach diesem eindeutigen Beweis kaltblütiger Entschlossenheit dirigiert er die Maschine zurück und steigt mit seinem Gepäckstück zu den bereits wartenden Geheimpolizisten hinunter, zwischen denen er geruhsam das Rollfeld verläßt.

Daß dieser Schluß die Zuhörer stets aufs neue enttäuschen muß, gebe ich zu. Aber das Leben, oder was wir dafür halten, gleicht, auch wenn wir die Platitüde kaum noch ertragen, der Lotterie: Es gibt viel mehr Nieten als Gewinne. Was geschähe, wenn wir alle vom Schicksal oder einer ähnlichen Institution begünstigt wären? Doch Romeo und Julia sind seit langem tot, und ihre Kopien müssen zwangsläufig Falsifikate sein. Aber weil ich jene Enttäuschung nachzufühlen vermag, gestehe ich den Zuhörern manchmal eine Variante zu, die sie vielleicht, falls nicht sogar schlimmerweise, eher zufriedenstellt. Ich ändere dabei nur das Verhalten des jungen Mannes nach der Beseitigung seiner Partnerin, lasse ihn zwar Anweisung zur Kursänderung geben, doch nach einem dünn besiedelten, kaum zivilisierten Landstrich, über dem er mit dem Fallschirm, den er zusätzlich erpreßt hat, sowie einer Landkarte nebst Kompaß, abspringt. Der daraufhin gemäßigteren Reaktion meiner Zuhörer entnehme ich, daß sie zwar einen anderen Schluß erwartet haben, diesen immerhin jedoch nicht für den schlechtestmöglichen halten.

Eine Krankengeschichte

Daß jemand morgens aufwacht und sich für einen Käfer hält oder annimmt, zumindest in den Augen seiner Familie zum Käfer geworden zu sein, begreift man leicht und findet auch eine befriedigende Erklärung in den Standardwerken der Psychoanalyse. Was aber, wenn einer in der Frühe in seinem Badezimmer plötzlich an seinen Händen und Füßen und an der rechten Leibseite Zeichen entdeckt, für die es nur eine Erklärung gibt?

Ein Mann, dem dies geschieht und der weder religiös gebunden noch überhaupt gläubig ist, wird, sowohl schockiert wie erschrocken, zuallererst eine Erkrankung vermuten und sich krampfhaft an eine Situation für die mögliche Infektion zu erinnern suchen. Doch trotz geängstigten Grübelns will dem Mann keine Gelegenheit einfallen, da er mit Händen, Füßen und Bauch zugleich irgendwen oder irgendwas kontaktiert haben könnte, das anschließend die stigmaähnlichen Versehrungen seines Körpers hervorzurufen in der Lage gewesen wäre. Weder war er mit Seuchenbefallenen zusammengekommen, noch mit vergifteten oder gar verstrahlten Objekten. Dennoch wird er ungesäumt seinen Arzt aufsuchen, um dem die Symptome vorzuführen, die jener ebenfalls als Symptome anerkennt – bloß Symptome wofür? Nach Röntgenaufnahme, Endoskopie, Elektroenzephalogramm, Blutsenkung, Harnprobe, Lebertest, Gallenprüfung, Temperaturmessung und weiteren detaillierten, doch sinnlosen Untersuchungen bekommt er eine Salbe verschrieben, die nicht hilft. Von da an trägt er zu jeder Jahreszeit Handschuhe; im Sommer natürlich ungefütterte. Er meidet Schwimmhallen und öffentliche

Bäder und reist im Urlaub nur in arktische Regionen, wo nichts und niemand ihn zum Ablegen von Kleidungsstücken veranlaßt. Sein Geschlechtsleben reduziert sich insofern, als er keine intimeren Bekanntschaften mehr zu schließen wagt, weil er sich nicht lächerlich machen will, und läßt sich daher im Bedarfsfall sporadisch an einem nächtlichen Autostrich flüchtig bedienen.

Im Laufe der Jahre konsultiert er noch einige medizinische Koryphäen, deren Ratschläge er ergebnislos befolgt. Die Publikation eines wissenschaftlichen Artikels über seinen Fall in einem Fachblatt kann er gerade noch verhindern. Obschon sich keiner Schuld bewußt, empfindet er seinen Zustand doch so, als hätte er diesen auf rätselhafte Weise zu verantworten. War er vorher nur areligiös, so ist er jetzt militanter Atheist und erklärt das ganze Christentum zum Humbug, bestenfalls zum »Opium fürs Volk« – und er sei nicht drogenabhängig.

Er verfügt daher testamentarisch, daß sein Leichnam nach Feststellung des Exitus sofort einzuäschern sei, und zwar exakt seiner Anordnung entsprechend: nämlich vollständig bekleidet wie immer, also auch mit Handschuhen. Möglicherweise fügt er seinem »Letzten Willen« noch einen allerletzten, erläuternden Nachsatz über sein Schicksal hinzu, das zu verstehen oder gar zu akzeptieren ihm niemals beigekommen wäre. Trotz angestrengter Diskretion bis über das Ende hinaus, hinterläßt er die bedenkliche Frage, ob er der einzige, derart körperlich Betroffene gewesen ist, oder ob es von gleichartig Befallenen noch mehr in unserem Kulturkreis gibt, gar eine wachsende Anzahl, so daß sich von einer heimlichen Epidemie reden ließe, zu deren wesentlichstem Charakteristikum die Scham gehört.

Todesanzeige

Während des Zweiten Weltkrieges und bereits in seiner Spätphase hat sich folgendes begeben, das, obgleich es unglaublich klingt, von Augenzeugen bestätigt und von einem Chronisten festgehalten worden ist. Ort des Geschehens: ein deutsches Konzentrationslager im östlichen Europa, wohin aus seiner thüringischen Heimatstadt ein jüngerer SS-Mann versetzt wurde, um seine Ausbildung zu vervollkommnen. Sein nur allzubald tragisch endendes Schicksal resultierte aus ebenjenem Mangel an Fachkenntnis, welche zu erweitern er abkommandiert worden war.

Kaum im Lager angekommen, übertrug man ihm zum Einstand die körperliche Bestrafung einer weiblichen Gefangenen, wobei außer den herbeibefohlenen Häftlingen auch die gesamte Lagerverwaltung nebst allen Mitarbeitern zwecks kameradschaftlicher Teilnahme erschien, um jenes Karree zu bilden, in dessen Zentrum die Exekutionen vorzugehen pflegten. Züchtigungen erfolgten gewöhnlich dadurch, daß der oder die jeweils dazu Bestimmten auf einen Bock gebunden und durch eine vorher festgelegte Anzahl von Hieben behandelt wurden. Der erwähnte Neuling machte sich unter den kritischen Blicken seiner Kameraden mit Verve an die ihm übertragene Arbeit, wobei ihm in seinem Eifer entging, daß das Objekt seiner schweißtreibenden Bemühungen kurz nach Beginn der Vorstellung unauffällig verstarb. Nur die übrigen Anwesenden, Häftlinge wie Mannschaften, durch genaue Kenntnis physischer Reaktionen bestens geschult, erkannten sogleich die absolute Sinnlosigkeit des Vorganges, was Erheiterung unter dem Aufsichtspersonal hervorrief. Während er sich noch laut zählend anstrengte, vernahm der Neuling unterdrücktes Kichern und erblickte, sich umdrehend, die lachenden Gesichter der Kameraden. »Schlagartig«, wie man hier sagen könnte, wurde ihm klar, daß er völlig umsonst sein Bestes gegeben hatte. Und das noch dazu angesichts der Häftlinge, deren unbewegten Mienen er heimlichen Hohn unterstellte. Später in der Kantine gaben ihm die Hänseleien der Kameraden den Rest: Die Scham über sein Versagen wuchs ins Maßlose; er fand für sein Scheitern sich selber gegenüber keine Entschuldigung, so daß er, um sein Gewissen wenigstens etwas zu beruhigen, sich freiwillig an die Front meldete, wo er bald darauf den Heldentod erlitten haben soll.

Nutzlose Tarnung

Wer im Lande Totschlagstan lebt und weiterleben will, ist gezwungen, falls er sich nicht unaufgefordert an den einschlägigen Übungen beteiligt, zumindest seine Teilnahme vorzutäuschen. Ohne blutbefleckte Weste sich auf die Straße wagen, hieße doch die Gefahr heraufbeschwören, die eigene Person als Lieferanten besagter Flecke anzubieten. Denn man trägt hierorts die Skalps seiner Freunde als Pelzkragen, und es bedarf schon eines großen Freundeskreises, um für den Winter eine wärmende Halskrause zusammenzubekommen. Selbstverständlich führt man eine Waffe sichtbar mit sich, raucht aus einer beinernen Pfeife und gibt überhaupt auf alle erdenkliche Weise seine nationale Zugehörigkeit zu erkennen. Durch solche äußeren Merkmale, immerhin auch illegal beschaffbare, läßt sich eine gewisse Sicherheit gewinnen. Weitaus schwieriger ist es jedoch, im erforderlichen Moment auch die inneren Merkmale aufzuweisen. Jede Reaktion will vorher bedacht sein. Etwa daß man auf die neugierige Frage eines Passanten, wie man einen anderen, einen dritten also, da drüben auf dem Gehsteig beurteile, ohne Zögern zu erwidern habe. »Zum Umbringen geeignet«. Eine derartige Replik ist nämlich, wie man von Kindesbeinen an gelernt hat, immer und überall richtig.

Gegen Unbekannte, gar Fremde, übe man sich in Grimassen der Verachtung und des Hasses. Daß solche Personen beispielsweise angespuckt werden, erwartet die Öffentlichkeit. Dabei ist jeder Irrtum betreffs der Zugehörigkeit des Angespuckten ausgeschlossen, weil der Akt selber den Betroffenen, wer immer er sei, zum

Außenseiter macht. Aus diesem Status gibt es weder Rettung noch Erlösung, da jeder, der solchen diskriminierenden Vorgang an sich vollziehen läßt, damit das Geständnis seines Außenseitertums ablegt – auch wenn ihm das vordem vielleicht gar nicht bewußt gewesen ist. Aber dieser eher alltägliche und gewöhnliche Vollzug rechnet zu den minderen Formen des Glaubensbekenntnisses, da dessen Credo die aktive Selbstfindung der eigenen Individualität durch die Zerstörung eines anderen Individuums verlangt. Insofern ist die Vermutung irrig, daß die Bürger des Landes sich aus einem rational unkontrollierten Trieb dem mühseligen Geschäft des Tötens hingäben. Hatte doch wie nirgendwo sonst in der Welt der Bildungsstand eine derartige Höhe, die Aufklärung einen solchen Umfang erreicht, daß es tatsächlich jedermann möglich geworden war, sein Ich mittels vierzehn verschiedener Kategorien zu analysieren. Freilich: Das fragwürdige Ergebnis bestand darin, daß, da die Kategorien sich widersprachen, das sich selbst erforschende Ich während des Untersuchungsvorganges gänzlich zerkrümelte. Gegen diesen Verlust schien es kein Mittel, keine Therapie zu geben. Bis eines Tages bei einem ganz banalen Mordprozeß unter den Beteiligten des Geschehens, lauter blassen, konturlosen Figuren, einzig die Gestalt des Täters als eindeutig unverwechselbare, klar umrissene Persönlichkeit psychologisch zweifelsfrei hervortrat. Die Tat hatte den Täter mit einer vordem fehlenden Individualität und Identität ausgestattet, wie sie den meisten ermangelte. Die Konsequenz aus diesem »Tatbestand« war, auch wenn anfangs Moralitätsprobleme entstanden, die Entkriminalisierung des sogenannten »Vergehens gegen Leib und Leben«. Somit kam der praktizierende Entlebendiger ganz zu sich selber und erfuhr umweglos, wer er sei, indessen die andern, die Fremden, Fremdartigen, Fremdbestimmten, nach wie vor in unseligen Selbstzweifeln fortvegetierten, bis sie radikal davon durch eine der neuen Persönlichkeiten befreit wurden.

Folge war, daß die potentiellen Nutzobjekte sich einer Maskerade unterzogen, um ihrem selbstverschuldeten und verdienten Schicksal zu entgehen. Sie gewöhnten sich mit der Zeit an die Tarnung und überwanden sogar häufig ihre Skrupel, meist aus Resignation, weil sie erkannten, ihr heimlicher Widerwille würde kaum Schule machen, da er ja sowieso geheim blieb. Es also ganz gleichgültig wäre, ob man die individuelle Selbstfindung nur vorgab oder mit der Keule in der Hand faktisch vollzog. Solcherart verringerte sich unaufhörlich die Anzahl jener, die man einst »Unschuldige« genannt hatte, bis von ihrer Sorte kein einziger mehr übrig war.

Schädelstätte

Daß mit dem Tod *alles* aufhöre, behauptet nur die Legende. Denn was an Gebeinen bleibt, bietet immer noch die Möglichkeit, den eigenen Mangel an Menschlichkeit mehr oder minder bewußt vorzuführen. Ein Ort solcher Demonstration ist der Friedhof von Baltschyk, dessen Trübseligkeit und Armut man mit Recht »aussagekräftig« nennen kann. Der Flecken, ein absolutes Finis terrae an der Schwarzmeerküste, gehörte einst zu Rumänien und geriet durch Stalins große Landumverteilung an Bulgarien. Dadurch fiel auch das Schloß der Carmen Sylva, einer rumänischen Königin, die unter diesem Pseudonym in Deutschland ihre Gedichte publizierte, an den angrenzenden Balkanstaat. Nördlich dieses Schlosses und rechter Hand der Landstraße: der besagte Campo Santo,. ein Urwald natürlichster Machart, verwildert, verwuchert, schier undurchdringlich. Die Wege gerade noch zu erahnen am niedriger wachsenden Unkraut. Aus dem hypertrophen Grün blicken hier und da schwarz-weiße Gesichter, junge großäugige Mädchen, den Bubikopf dauergewellt, ehrwürdige Herren mit steifen Kragen, die Züge hinter ebenfalls üppig wuchernden Schnauzbärten und Augenbrauen nahezu verborgen: fotografische Abbilder längst nur noch als Humus anwesender Rumänen. Ihre Grabmäler geborsten, umgesunken, hintenübergefallen oder gar aufs Gesicht, als hätten sie, endlich ihrer Schwäche nachgebend, die Vertikale nicht mehr ertragen. Inmitten dieser verlorenen, versteinten Seelen hoben die Bulgaren an, ihre eigenen Verstorbenen in den fruchtbaren Boden zu senken, und setzten auf die vergrabenen Leiber jeweils eine spitzwinklige, hölzerne Pyramide von etwa anderthalb Meter Höhe, gekrönt vom fünfzackigen Stern, dem Symbol des Systems. Angestrichen wurden diese zusammengenagelten Mementi mit roter, doch ziemlich schlechter Farbe, so daß diese bereits nach ersten Regengüssen sich auflöste und abwärts sickerte, in markanten Bahnen, um an der Basis jedes Monumentes, die Krume färbend, zu versickern.

Als seien über den Grabstätten frische Blutopfer gebracht worden: grausige Riten zur Befestigung nationaler Eigentumsrechte oder um dadurch die toten Vorbesitzer an unheilverheißender Wiederkehr, am Spuken, zu hindern. Und obwohl die billigen Kistenbretter, die fehlende handwerkliche Sorgfalt dem widersprechen sollten, schwebte doch ein Hauch von Yukatan über der Anlage, ein atmosphärischer Hinweis auf die Prachtentfaltung, die Massenaufmärsche, die Präsentation von Reichtum und Macht in einem früheren Präkolumbien.

Die Guillotine

Daß der Anstieg der Scham- und Hemmschwelle durch Jahrhunderte ein Merkmal der Zivilisation sei, hat uns der Kulturhistoriker Norbert Elias in seinem Hauptwerk mitgeteilt: Die Zubereitung und Zerlegung eines Tieres zu Nahrungszwecken sowie die menschliche Defäkation seien zunehmend aus dem Blickfeld gerückt worden, weil man immer stärker daran Anstoß genommen habe. Diese Zunahme von Sensibilität aber hat vor einem Bereich haltgemacht, wo sie wohl angebrachter gewesen wäre: dem Bereich der am lebendigen Leibe des Delinquenten und in aller Öffentlichkeit vollzogenen Strafen. Ja, selbst in unserer Gegenwart finden noch öffentliche Hinrichtungen statt, wie etwa im Iran oder in China. Und in Ländern, in denen die Todesstrafe bereits abgeschafft war, ist sie, wie in vielen Bundesstaaten der USA, wieder eingeführt worden. Immerhin: Der »Schauwert« einer öffentlichen Hinrichtung scheint – zumindest auf der Nordhalbkugel der »ersten« Welt – ziemlich gesunken.

Dennoch: Mit Unbehagen ahnt man, daß die öffentliche Tötung eines Verurteilten, etwa eines Kindermörders, eines Geiselnehmers, Mengen von Zuschauern anziehen würde, welche sich heute mit sporadischer Teilnahme an Autounfällen oder Flugzeugabstürzen begnügen müssen. Man verkenne ja nicht, wie sehr Haß und Rache, zwei vernunftüberwältigende Affekte, nach affektiver Ableitung, nach Befriedigung verlangen. So nämlich erklärt sich die Begeisterung des einst an öffentlichen Hinrichtungen teilnehmenden Publikums. Am Schauspiel von Grausamkeit und Tod entlud sich die gestaute Aggressivität in einer Weise, die nahe der Sexualität angesiedelt war. Der Zuschauer identifizierte sich nämlich nie mit dem Opfer, sondern immer mit dem Henker oder dem Folterknecht. Erst die zögernde Aufklärung erkannte diesen Umstand, nämlich den Lustgewinn aus fremdem Leid, als peinlich und »menschenunwürdig« und entzog die blutrünstige Katharsis dem Anblick der Allgemeinheit. Tortur und Beseitigung wurden abgeschirmt und nur noch einer ausgewählten Personenanzahl vorbehalten – Journalisten etwa.

Bis zur Einführung der Guillotine wurde gehängt, ertränkt, erdrosselt, verbrannt und mit dem Beil oder dem Schwert geköpft, wobei die Köpfung den gehobenen Ständen, dem Adel, vorbehalten war: eine ehrenhafte Liquidierung. Alles jedoch Methoden, die handwerkliche Fähigkeit verlangten, also Lehrzeit, Ausbildung, Tradition, und daher meist vererbbare Profession blieben. Mit der Einführung einer Hinrichtungsmaschine gerät die »Kunst des Henkers« in Verfall, der Knopfdruck erfordert weder anatomische Kenntnisse noch eine bestimmte Körperbeherrschung.

Doch die Guillotine ist nur scheinbar ein Produkt einer plötzlich aufkeimenden Humanität, eines neuen zivilisatorischen Bewußtseins, einer revolutionsbedingten Gleichmacherei. Den eigentlichen »Innovationsschub« leistete vermutlich der Andrang der zum Tode Verurteilten. Mit Handwerkelei kam man da nicht mehr hinterher. Und daß sie, die Guillotine, kurz nach ihrem Erscheinen sogleich mythische Qualität erlangte und zum Epochensymbol wurde, ergab sich aus der Tatsache, daß sie eben mehr war als nur ein Gerät: Sie war das Kennzeichen gesteigerter technischer Entwicklung am Beginn der Industrialisierung, Manifestation des naturwissenschaftlich werdenden Umganges mit dem *L'homme machine*; der Apparat absoluter Säkularisierung und Abschaffung von Transzendenz. Analog zur neuen Religion der Vernunft war die Guillotine das Werkzeug ebendieser Vernunft. So wurde die maschinelle Tötung von Menschen ein ebenso unabdingbarer und unleugbarer Bestandteil alles dessen, was als »Fortschritt« in die Welt trat wie die Dampfmaschine, die Eisenbahn oder die Gleichheit vor dem Gesetz.

Telefonseelsorge

Mit großer Wahrscheinlichkeit und entsprechend der prophetischen Gabe aller Statistik müßte sich eines Tages bei der Telefonseelsorge Gott selber melden. Vermutlich würde man ihm, mit einem zeitentlarvenden Slangausdruck gesagt, seine Existenz nicht *abkaufen*. Schließlich hat die ihn einst propagierende Organisation seinen Platz eingenommen, um nichts anderes zu vermitteln als sich höchstselbst. Und es bedürfte daher unwiderleglicher Argumente, den telefondiensthabenden Pfarrer von der behaupteten Identität des mit ihm Sprechenden zu überzeugen. Einmal angenommen, Gott gelingt das Kunststück irgendwie – unvorstellbarer jedenfalls ist die Reaktion des betroffenen Seelsorgers, wenn der Herr ihm seine Verzweiflung eingestünde, seine endogene Depression, seine Perspektivlosigkeit, seine Suizidgefährdung: Ich rufe dich an in meiner Not, sprich zu mir, Mensch, hebe mich auf und tröste mich und nimm mich in deine fürsorgliche Obhut. Aus der Höhe schreie ich zu dir, o Pastor Ix oder Ypsilon, oder was immer dein Name sei . . .

Aber daß es Ix oder Ypsilon gelingen sollte, den Anrufer von seiner selbstmörderischen Absicht zu erlösen, bezweifle ich stark. Vielmehr vermute ich, daß dieses Telefonat längst stattgefunden hat. Das Gespräch ist wie üblich elektronisch aufgezeichnet, abgehört und unter dem Buchstaben G archiviert worden, wegen möglicher späterer Rückfragen. Doch solange niemand dieses Fach öffnet, dürfte sich am Modus der Sorge um Seelen kaum etwas ändern. Und selbst wenn das Band in die stets sensationsgierige Öffentlichkeit geriete, könnte man sich, da außer der Tonaufzeichnung kein anderes Beweisstück vorläge, dem Glauben an eine Täuschung hingeben. Zu einem anderen Glauben reicht es ohnehin nicht mehr.

Glauben

Seine Intensität ließ nach und verlor sich in jenem Augenblick, da der Versucher von der Bühne der Inbrunst verschwand. Mit dem Teufel hat Gott seinen dialektischen Widerpart, den er wie alles und jedes zum Existieren benötigt, unwiederbringlich eingebüßt. Die Feststellung, Gott sei tot, war nur die logische Schlußfolgerung aus dem Vorwegsterben Luzifers, des gefallenen Engels. Ohne jede Gegengewalt mußte Gott notwendigerweise überflüssig werden, weil man selbst bei Verlust seiner Gnade in keine Hölle mehr zu gelangen vermochte. Dadurch verblaßte die personifizierte Güte und Vorsehung wie eine gepreßte Blume in ihrem Herbarium auf dem kahler werdenden Fels Petri. Die Kirche hat sich selber einen schlechten Dienst erwiesen, indem sie das inkarnierte Böse zur Metapher, zum nur bildlich Gemeinten umwandelte und abstrahierte; zwangsläufig wurde es durch die Gleichnishaftigkeit verdünnt, aufgelöst und zur umgangssprachlichen Bezeichnung verharmlost, bar des alten Schreckens. Man hat den Teufel nicht mit dem Beelzebub ausgetrieben, sondern mit dem Versuch, mit der Zeit zu gehen und sich der Aufklärung anzupassen, die man erfolglos »verteufelte«. Wahrscheinlich wäre die Kirche heute glücklich, entstünden ihr wieder Ketzer und Häretiker, aber auch diese Chance hat sie mit ihrer panischen Sucht nach Modernität, als welche sie die ökumenische Bewegung empfindet, gänzlich verspielt. Der Augenblick ist vorauszusehen, da sie auch noch den »Schwarzen Messen« ihren Segen erteilt. Denn sie und wir wissen genau: die letzte Form des Glaubens ist die Blasphemie.

Weihnacht

Auf Weihnachtsmärkten oder an sonstigen Heiligen Abenden fehlt, um alle Erwartungen zu erfüllen, eine Ausstellung des Terrors und der Unterdrückung. Ein Diorama mit geschnitzten Gestalten, umgeben von Kerzenschimmer, Zangen, Peitschen, Drahtschlingen, Handschellen und Elektrokontakten, dem Handwerkszeug zur Herstellung von Wahrheit – vergänglich wie jede ihrer Art, die daher mittels eines vielfältigen Instrumentariums stets aufs neue geschaffen werden muß. Ähnlich wie bei sich selbsttätig bewegenden Krippenszenen erführe man aus dieser modellhaften Praxis, was alles notwendig ist, um auf den Grund der Erkenntnis vorzustoßen. Und während die bemalten Figürchen einander die Fingernägel ausreißen und sich vergewaltigen, mit siedendem Öl begießen und brennende Zigaretten auf Brust und Bauch ausdrücken, sollte jedem Betrachter klarwerden, daß anders als mit der Liebe zur Wahrheit das Fest der Liebe gar nicht zu entschuldigen ist.

Faust – endgültig letzter Teil

Aus der Geschichte aller Religionen wissen wir, daß die Seele – von der jeweiligen Heilslehre auf einen jeweils anderen Körperbereich verwiesen – als höchster Besitz des Menschen gilt, an welchem Schaden zu nehmen verderblicher als eine physische Verletzung wäre. Die Mächte der Finsternis sind stets darauf aus, sie, die Seele, uns abzuhandeln. Faust führt es einen ganzen Theaterabend hindurch vor. Unzählige Märchen raunen davon, und wir lesen nicht ohne Neid, wie der Seelenverkäufer, nachdem er den Pakt mit seinem Blut besiegelte, reich, berühmt und mächtig wird, wohingegen die zu erwartenden Spätfolgen zum Schluß hastig und mit blassen Farben hingetuscht werden, so daß die beabsichtigte Warnung den Glanz der Karriere ohne Seele nicht widerlegt.

Inzwischen sind Seelen billig geworden. Insbesondere die der Dichter sanken mitleiderregend im Preis. Eine Dichterseele kostet heutzutage zwischen fünfzig und einhundert Mark, denn soviel beträgt (bestenfalls) das Honorar für ein Gedicht. Und wie wir eingangs wußten, daß die Seele der höchste Besitz sei, so wissen wir fernerhin, daß auch die des Dichters nichts anderes darstellt als ebendieses gängige innerpsychische Konzentrat, zusätzlich ausgestattet mit der Möglichkeit zu schriftlicher Verfestigung. Warum aber der gegenwärtige Marktwert von Seelen derart niedrig notiert, mag an ihrem schwindenden Gebrauchswert liegen. Früher konnte man damit mehr anfangen: als Punkt im Spiel von Gut und Böse. Im übrigen jedoch hat sich an der individuellen Konsequenz des Verkaufs nichts geändert: »Entseelt« im metaphorischen Sinne und als Balg seiner selbst zurückzubleiben, bedeutet wahre Verdammnis, die von keiner Erinnerung an einstige Wunscherfüllungen Trost oder Milderung erfährt.

Wahrheit ist heilbar

Gänzlich unbeantwortet die Frage, was wohl geschähe, wenn es einen übertragbaren ethischen Infekt gäbe. Wenn man bereits bei geringster Berührung mit einer Ansteckung besonderer Art rechnen müßte, deren Folgen den Infizierten hinderten, seiner gewohnten Pflicht zur Täuschung nachzukommen. Die Skala der Unwahrheit umfaßt hundertundachtzig Grad und reicht vom überwältigenden Schwindel bis zur verzeihlichen Beschönigung: Durch Moralitätsbefall außer Kraft gesetzt, spräche jedermann unverstellt und offen und ehrlich aus, was ihn bewegte. Eine Katastrophe, weil menschliches Zusammenleben unmöglich würde. Sogar alltägliche Kommunikation schlüge in depressiven Rückzug des Individuums in sich selber um, weil man, einander die Wahrheit ins Gesicht zu sagen veranlaßt, in heftige Mordlust geriete, die jedoch in befreiende Praxis umzusetzen besagte ethische Infektion verböte. Vom Aggressionsstau geschlagen, unfähig, die Wut abzuleiten oder dem natürlichen Rachebedürfnis nachgeben zu dürfen, würde der an Ethik Erkrankte sich aufhängen – selbstverständlich an einem abgelegenen Ort, um nicht als Leiche anderen zur Last zu fallen. Und wüchse dieses Leiden sich gar zur Epidemie aus, bräche das gesamtgesellschaftliche System zusammen. Fabrikanten beichteten den Kunden die Überteuerung des von ihnen hergestellten Schundes, und Händler verwiesen Käufer auf die Minderwertigkeit ihrer angebotenen Ware. Kein Politiker würde wiedergewählt, nachdem er sich öffentlich zu seinen eigentlichen Absichten, nämlich wiedergewählt zu werden, bekannt hätte. Ämter verödeten, sobald die

Beamten, nun ihrer Posten ledig, den Bürgern dargelegt haben würden, welch sinnloser Unfug im Grunde die Verwaltung sei und das Aktenwesen überflüssig. Handel und Wandel kämen zum Erliegen, falls die tatsächlichen Motive und Antriebe der Beteiligten ans Licht träten. Eine hysterische Suche, intensiver gefördert und reicher dotiert als die Aidsforschung, beschäftigte weltweit die Medizin, um ein wirksames Antiwahrheitsserum zu entwickeln. Leicht vorstellbar der ungeheure Triumph, wäre endlich solch Gegenmittel gefunden! Heilung in Aussicht! Und die Millionen und Abermillionen der Impfungsbereiten zögen rastlos und pausenlos durch die vom »Roten Kreuz« eingerichteten Prophylaxe-Stationen und zurück in ihre Heime und Werkstätten, hoffnungsfroh der Lebenslüge wiedergegeben.

Filterfilz

Als ich dieses Wort hinschrieb, ahnte ich nicht, daß es schon so bald eine Bedeutung bekommen würde wie »Atombombe« oder »Waldsterben«. Nicht im mindesten abzusehen war, daß solch geringwertiges Produkt, sonst nur in Staubsaugern und Dunstabzugshauben Dienst tuend, eines Tages aus der Verborgenheit ans Licht träte – noch dazu in einer historischen Rolle: als Friedensbewahrer auf allen Ebenen. Erst seitdem Filterfilz im öffentlichen wie im privaten Bereich potentielle Kontrahenten voneinander scheidet, indem er ihre Aggressivität absorbiert, ist der sonst kaum beachtete Stoff zu Weltgeltung gelangt.

Obgleich kaum zu leugnen sein dürfte, daß auch dieses Material seine Tücken besitzt, welche wir als »Entsorgungsprobleme« bezeichnen. Diese Gebinde und Gevierte, Schnittbahnen und Teilstücke, Hüllformen und Kleinteile sind nach dem Gebrauch so vollgesogen von Haß und Verachtung, von Wut und Racheverlangen, von Hinterlist und Hohn, daß jene Bezirke, wo sich die Endlagerstätten befinden, weiträumig abgesperrt sein müssen, da die benutzten Filterfilze unerwartet ihren Gehalt freisetzen: Sie entlassen in die Umwelt, was in ihnen steckt, und zwar mit einer Intensität, die vordem keineswegs zu vermuten war. Notwendige Besuche derart verseuchter Regionen können auch wiederum nur im Schutz von Filterfilz vorgenommen werden, wodurch neue Bestände entstehen, gegen die Sicherheit nur durch das herstellbar ist, was die künftige Bedrohung erhöht und erweitert. Bei dem unumkehrbaren Vorgang handelt es sich um das Gesetz zirkulären Wachstums, ein in sich geschlossenes, Schicht um Schicht nach außen expandierendes System, in dessen innerstem Zentrum das Atmen immer schwerer fällt, bevor es gänzlich aufhört.

Vom Wanderfotografen

Seine Geschichte ist ungeschrieben. Falls man diesen Umstand ändern wollte, müßte man sich als erstes sein Aussehen ausdenken: wie er gemächlich durch Straßen geht, das hölzerne Stativ auf dem Rücken, die Kamera umgeschnallt, Leinentaschen an Lederriemen über den Schultern, eine Feldflasche, überzogen mit grauem Filz, ist dabei; außerdem trägt er einen breitkrempigen Hut gegen die sengende Sonne: So zieht er aus dem späten 19. Jahrhundert in die erste deutsche Republik und durch Gegenden seiner Heimat, die er unter einem besonderen Aspekt ausgewählt hat. Wie Roman Vishniac in den frühen dreißiger Jahren nach Osteuropa trampte, um das Ostjudentum mit seiner Kamera festzuhalten, fast als einziger von den Ausrottungsplänen Hitlers überzeugt, so wandert auch unser unbeschriebener, nirgendwo namentlich erwähnter Fotograf durch Elendsgebiete. Vielleicht durch das Erzgebirge, wo die Heimarbeiter ständig hungerten; durch die Industriereviere Sachsens, wo bitterste Not herrschte und wo, wie man sich leicht vorstellen kann, die Verdammten dieser Erde staunend zusahen, wenn er inmitten ihrer schäbigen Behausungen seine Kamera aufbaute. Vermutlich hat er ihnen als Grund seiner Mühen folgenden genannt: Damit sie nicht unerinnert und spurlos aus der Welt, die sich ihrer nicht erbarme, verschwänden, hätte er es sich zur Aufgabe gemacht, sie und ihre beschämende Armut für alle Zeiten im Bilde festzuhalten. *Damit ihre Nachkommen davon wüßten.* Denkbar, daß die Armen, natürlich keineswegs alle, aber doch viele, sich damit trösteten, wenigstens bildlich für eine bessere Nachwelt aufgehoben worden zu sein, die ihnen das schenken würde, was die Gegenwart ihnen versagte: geneigte Aufmerksamkeit.

Natürlich täuschte der Fotograf das Fotografieren nur vor, weil er von den erbärmlichen Spenden der sich fotografiert Geglaubten nicht auch noch das teure Fotomaterial bezahlen konnte; es reichte gerade zu seinem Lebenserhalt. Ein Betrüger, gewiß. Aber ein grundgütiger, der seinen Opfern das Bewußtsein der eigenen Wichtigkeit und eine gewisse Hoffnung auf eine zeitgemäße Unsterblichkeit vermittelte: Seine Geschichte sollte doch irgendwann und von irgendwem geschrieben werden.

Star stechen

Wie tatsächlich bei der Star-Operation die Linse der Pupille perforiert wird – vermutlich eine uralte Therapie, da sie die Redewendung, es werde »einem der Star gestochen«, für plötzliche Einsicht verantwortet –, so muß auch im Alltag etwas Besonderes geschehen, um Sehgewohnheiten zu zerstören.

Vielleicht war es im folgenden Falle nur die Verfremdung durch die Örtlichkeit. Oder die Tatsache, daß das Bild, von dem gleich die Rede ist, sonderbar transparent und von einer verborgenen Lichtquelle wie eine Lampe von der Glühbirne von innen heraus erleuchtet war. Oder daß ich, obwohl jeden Tag Hunderte in diesem kahlen Gang des Westdeutschen Rundfunks zu Köln nahezu blicklos daran vorübergehen, doch ein optisches Signal empfangen hatte. Doch erst Schritte später blieb ich stehen und kehrte um. In einer Reihe großformatiger Fotos hinter Glas, die Afrikanisches zeigten, Löwen und Landschaft, Entwicklungshilfe und Entwicklungshelfer und schwarze Leute, mit irgend etwas beschäftigt, wies eines als zentralen Gegenstand einen Leichnam auf. Es handelte sich um einen gefallenen Guerillero, wie ein Text meldete. Die dunkle Haut bläulich verfärbt, große Wunden, aufgehacktes Fleisch, in das man tief hinblickte: ein erschreckender Anblick, falls man überhaupt diese Korridor-Dekoration wahrnahm. Dazu jedoch bedurfte es eines Aufmerkens, zu dem die hier Beschäftigten, die ständig diesen Flur passierten, durch unfreiwillige Blindheit gar nicht mehr fähig sein konnten.

Vom Leichenfotografen

Das Verlangen der Menschen, ihnen Liebes zumindest als Bild zu bewahren, bis sie selber die gleiche Metamorphose erleiden, mehr oder weniger sorgsam von ebensolchen Bildkeimlingen aufgehoben, ernährt immer noch seinen Mann: nämlich den Fotografen. Ernährt, und zwar auf keinen Fall in einem herabwürdigenden, Assoziationen zu gewissen Geschöpfen im Tierreich erwekkenden Sinne. Obschon dem Fotografen doch eigene Bedenken in dieser Hinsicht gekommen waren. Und es bedrückte und kränkte ihn, daß man seine Arbeit derart abwertend, gar verächtlich ansehen könnte.

Während mancher schlaflosen Nacht tröstete er sich mit dem Argument, seine Tätigkeit sei keinesfalls zwielichtig oder anrüchig, sondern sogar im höchsten Grade positiv, human und menschenfreundlich. Weil er, ausschließlich Leichen fotografierend, trotzdem deren vollkommene Wehrlosigkeit respektierte und bemüht war, ihnen eine Dimension zu verleihen, welcher sie gewöhnlich zu Lebzeiten ermangelt hatten. Er schenkte ihnen damit ein nicht ganz eindeutiges und schwer zu definierendes Nachleben.

Da er von der zerfallenden Stofflichkeit etwas Bleibendes nahm, ihr einstiges Aussehen nämlich, konservierte er zugleich ihre Individualität – jedenfalls jene an der Oberfläche sichtbar ausgeprägte. Überreichte er dann seinen Auftraggebern, meist Hinterbliebenen, solche Fotografien, durfte er sich auf Goethe berufen und mit diesem sagen: »Am äußeren Abglanz haben Sie das Leben!« Die Kunden gaben sich damit auch zufrieden. Sie wollten, wie ihm mit zunehmender Berufserfahrung klar wurde, auch gar nichts vom Wesen des Verstorbenen besitzen, nichts von seinen inzwischen verflogenen Eigenschaften und Eigenheiten, sondern bloß die Äußerlichkeit, um sie mit ihren eigenen falschen Erinnerungen ausstopfen zu können.

Diesen Vorgang (welcher dem der Kunst-Rezeption ähnelt) zu intensivieren, darin bestand sein Ehrgeiz. Und nicht darin, realistisch stumpfe Augäpfel, klaffende Kiefer, bleckende gelbe und unvollständige Zahnreihen, verklebtes Haar und Wachsblässe akribisch, gar kriminologisch wiederzugeben. Durch äußerst sparsame Anwendung ausgesuchter Kosmetika und mittels einer geschickten Beleuchtungstechnik gab er den Hinterbliebenen eine Aufnahme in die Hand, derzufolge sie getröstet und erfreut feststellen konnten: Als ob er schliefe!

Vom Retuschieren hielt er nichts. Wo eine Warze hügelte, hob er sie als Charakteristikum hervor. Muttermale und sonstige »besondere Kennzeichen« dermatologischer Natur unterschlug er nicht, um im Gegenteil zu beweisen, daß der Tod, zwar ein großer Gleichmacher in einem höheren Sinne, doch keineswegs die Einmaligkeit des Menschen beseitige, solange von letzterem ein optischer Rest übriggeblieben. Sein Ziel: die Besonderheit eines Antlitzes erhalten!

Meist jedoch schwand die anfängliche, den Fotografen befriedigende freudige Überraschung der Hinterbliebenen recht schnell und wich einer Indolenz, als habe man nun seine Pflicht, den Verstorbenen dem visuellen Vergessenwerden zu entreißen, weidlich genug erfüllt. Als ob er schläft – nun, lassen wir ihn auch fernerhin schlafen. Was beträgt der Aufnahmepreis, und was kostet ein einzelner Abzug?

Kaum abzustreiten, daß die rasch aufkommende

Gleichgültigkeit dem Totenfoto gegenüber vermutlich ein Ergebnis des trostlosen Gedankens war: So hält mich auch einmal mein Enkel in der Hand – ein Blättchen Karton, die Vorderseite hochglänzend, satte Farben, der Rand sauber beschnitten ... Und zugleich mochte sich eine weitere Überlegung anschließen: Was wohl wird aus mir Kartonstückchen, wenn auch der Enkel nichts anderes mehr ist als ein solches, und er selber seinerseits von einem Nachfahren in ein Album abgeheftet wird?

Das Problem der Ewigkeit und Unsterblichkeit stellt sich vom ersten Augenblick an, sobald die Nachwelt das Foto eines Abgeschiedenen betrachtet.

Der Fotograf nahm sogleich den Schatten gut begründbarer Zweifel auf eben noch traurigen Mienen wahr und las daraus die Frage ab, ob sich denn die Geldausgabe überhaupt gelohnt habe. Wer eigentlich sollte später einmal dieses Foto anschauen, und wer um Gottes willen ahnte in fünfzig Jahren noch, wen es zeigte, wenn wir, die heute Nachgeborenen, morgen persönlich inexistent geworden sind?

Stetig wiederkehrende Erfahrung, da auf den Stirnen der eben erst Schmerzgetroffenen die Erkenntnis dämmerte, Geld hinausgeworfen zu haben für eine Immortalität, die weder räumlich über den Familienkreis noch zeitlich über die folgenden Jahrzehnte hinausreichen würde. Dies die Sekunde, vorsichtshalber beide Hände in die Taschen zu stecken, um zu vermeiden, das Foto mit einer flauen Ausrede in die Finger zurückgedrückt zu bekommen. Doch aus Höflichkeit und natürlich auch Geschäftssinn wagte man als Fotograf nicht zu erklären: Just eben so, meine Herrschaften, ist das Weiterleben nach dem Ableben!

Außerdem scheute man sich, religiöse Gefühle zu

verletzen. Obwohl es den Fotografen immer wieder enttäuschte, daß gerade vorgeblich Gläubige die Postmortemporträts am abschätzigsten musterten, als präsentierten sie nicht die Ebenbilder Gottes, sondern eine ominöse Fratze, der man in keinem Jenseits wiederzubegegnen wünschte. Der Fotograf hätte auch gerne noch hinzugesetzt, es handele sich hier um die spezifisch fossile Erscheinungsweise von etwas, dem leider, trotz technischer Hilfestellung, keine Dauer beschieden sei. Aber sich jeglicher Meinungsäußerung enthaltend, erklärte er nie mehr, als daß er sein Bestes geleistet habe und daher bitte, auf seine Dienste auch fernerhin nicht verzichten zu wollen. Und ihn bei entsprechenden Fällen weiterzuempfehlen.

Fotografien

Wer kennt nicht diese lädierten Pappkartons voller alter Fotografien, geknickter Hochglanz, barock gezackter Beschnitt, Paßfotos mit Prägestempelresten, Urlaubsbilder und sonstige biographische Höhepunkte: Hochzeiten, Kindstaufen, Vereinsversammlungen? Wie welke Blätter von längst gefällten Bäumen kommt mir vor, was einem da in seltenen Augenblicken, meist nur beim Aufräumen, zwischen den Fingern raschelt. Es sind die Bestandteile eines Herbariums, von denen jedoch keines einer archetypischen oder gar exotischen Gattung angehört. Alles nur Kraut und Rüben. Dutzendnasen, Niemandsmünder, Normstirnen, rätsellose Augen. Jahr für Jahr wehen diese Abbilder der Sinnlosigkeit durch die Welt, um sich wie vertrocknendes Laub anzusammeln, bis eines Tages der Rechen den ganzen Ramsch identischer Einmaligkeit wegharkt und dem Humus nachbefördert, der da seine Licht- und Schattenbilder vorauswarf.

Blick durch die Lupe

Selbst den Vorwurf einer speziellen, weil unkörperlichen Nekrophilie nähme ich gelassen hin, sollte er denn jemals erhoben werden, nachdem ich Folgendes einbekannt habe: Ich schleiche mich nämlich mittels eines Hilfsgerätes, Lupe genannt, in alte Fotografien ein, um jenen Gestalten zu begegnen, die unbewehrten Auges kaum zu erkennen sind. Es handelt sich um den Abstieg oder Einstieg in einen schwarzweißen Hades, in welchem aber weder Heulen noch Zähneklappern herrscht, sondern nichts weiter als eine ergreifende Lautlosigkeit, die den sie Wahrnehmenden überwältigt. Kein Geräusch erreicht mich, wenn ich das Vergrößerungsglas über die Glanzpapierfläche bewege, um mich jenen zu nähern, die vordem bloß schattenhaft kenntlich waren: halb hinter einer streng erstarrten Gardine verborgen, aus einer Toreinfahrt lugend, über einen Korb gebeugt, das Gesicht im Abwenden verwischt, und ich versuche, ihre Züge zu enträtseln, diese durch die Bromsilberplatte und die Entfernung vom Objektiv wenig begünstigten Mienen, unter denen ich manchmal mir bekannte zu erkennen meine – eine Unmöglichkeit, da diese Schatten wahrscheinlich schon vor meiner Geburt ihre flüchtige Existenz in solch zweidimensionales Jenseits verlegten.

Warum mustere ich dennoch so hingegeben, fast süchtig die undeutlichen Figuren in ihrem unerlösbaren Zustand? Es gehört, wie ich mich zu glauben gezwungen sehe, zum Geheimnis des menschlichen Daseins, daß man diesem Geheimnis, das zu dauern nicht aufhört oder doch erst mit uns selber, sich zu nahen sucht, um wenigstens durch solche Annäherung etwas davon zu begreifen. Die Mittel der Annäherung sind individuell verschieden. Bei mir jedenfalls bestehen sie aus alten Fotos und einer Lupe und der hoffnungslosen Erwartung, es möge mir von einem der im Bilde zufällig aufbewahrten Geschöpfe unversehens mitgeteilt werden.

Hell-Dunkel

Viel zu selten treten Gesichter aus der amorphen Masse Mensch hervor. Viel zu selten gewinnt eine Gestalt festen Umriß, Profil, greifbare Dimensionen. Selbst ihre »Berufsbilder« sind verwischt und verwandelt; ihre Stellung ist nicht mehr eindeutig und ihr Charakter schon gar nicht. Dabei möchte ich sie genau bezeichnen, damit sie fixiert bleiben wie auf ihren Schnappschüssen, diese menschlichen Gespenster, die nachts um die Häuser schleichen, aufgedunsene Schlinggewächse, die wie Blutegel von anderen zehren, von deren Vielheit und Dumpfheit, aber sobald ich ihr Aussehen festhalten will, verliert es sich völlig.

Der Schriftsteller findet keine wirklich bedeutende Persönlichkeit mehr, die er zum Objekt seiner Mühen erhöhen könnte, und wenn er sich an das Porträt eines der neueren absoluten Herrscher macht, entsteht ihm unter der Hand das unbedeutende Paßfoto eines unauffälligen Beamten, der zweifelhaft vor sich hin lächelt. Was man sich inständig wünscht und nach fortwährenden Versuchen aufzugeben geneigt ist: schreiben wollen, wie Goya gezeichnet hat. Aber unser unruhiger Schlaf gebiert keine Ungeheuer mehr, sondern nur noch normierte Wesen, die zu allem brauchbar, weil zu allem unbrauchbar sind.

Wach auf

Mitten in der Umarmung sanken deine Schenkel herab, während deine Zunge in meiner Mundhöhle wie ein Stalagmit erstarrte und erkaltete. Von meinem Platz aus konnte ich nicht sehen, was geschehen war, weil mein eines Auge von deinem stillen Nasenflügel, mein anderes von deinem reglosen Ohrläppchen an jeder weiteren Aussicht gehindert wurde. Die Finger meiner Linken staken in deinem Gebein, meine Rechte jedoch war unter dem Gewicht deines Rumpfes eingeklemmt und unter meinem Gewicht dazu, so daß ich sie nicht hervorziehen konnte: Sie hätte vom Rettungsdienst oder von der Technischen Nothilfe, beide natürlich nicht anwesend, befreit werden müssen. Zwischen uns fand keine Bewegung mehr statt. Jegliche physische Kommunikation war eingestellt, ohne daß man den Grund gewußt hätte. In meiner unbequemen Lage, verzweifelt ist sie immerhin noch nicht, überlege ich mir praktische Ausflüchte und spreche mit einer immer noch minimalen Hoffnung in dein Ohr: Wach auf, Olympia, und habe mich weiter lieb.

Abschied vom Scheintoten

Unverhoffte Entwicklungen vernichten nur allzu leicht überlieferte Mythen und Mysterien. Der lustvolle Schauder angesichts Draculas, der durch die transsylvanische Nacht schwirrt, um sich auf Opfer beiderlei Geschlechts zu stürzen, bleibt nun aus, da der gänsehautbereite Zuschauer den Genuß von frischem Blut neuerdings für äußerst infektionsgefährlich halten muß und er so – anstelle des angenehmen Grauens – eher Mitleid mit dem Grafen empfindet, von dem zu befürchten ist, daß er aus der Quelle eines Frauenhalses statt neues Leben sich den endgültigen Tod antrinkt. So verlieren Märchen ihren Reiz unter der Gewalt von Realitäten, welche stets allen Zauber, selbst den trivialen, erkenntnisreich und rettungslos zum Erlöschen bringen.

Zum »Prozeß der Zivilisation« von Norbert Elias

Nun sind wir diszipliniert, indem wir von den Fremdzwängen zu Selbstzwängen gelangt oder gar »fortgeschritten« sind. Ja, sogar noch weiter: zu den häufig berufenen und wie ein Alibi des eigenen Versagens zitierten »Sachzwängen«, denen man sich, endgültig verdinglicht, als einer Sache unter anderen unterordnet.

Hinrichtung und Folter finden zur Zeit in Mitteleuropa nicht mehr real vor unseren Augen statt, sondern als Inszenierung von Fiktionen auf dem Bildschirm oder im Kino. Wir reagieren aber mit demselben wohligen Entsetzen von einst, mit lüsternem Schauder auf die Horrordarstellungen, deren Blutrunst zu steigern eine umfassende Industrie sich müht. Zugleich aber erzielen diese Vorführungen, abweichend von den früheren sehr wirklichen, keine Konditionierung des Zuschauers mehr, der nur zu gut weiß, daß es sich um eine Täuschung zu seiner Unterhaltung handelt und er nicht mehr befürchten muß, möglicherweise selber Opfer der mit feuchten Händen genossenen Vorgänge zu werden. Der Grad von Angst und Entsetzen, weil das Individuum sich ausgeklammert sieht, liegt unter jener Reizschwelle, über die hinaus Verhalten überhaupt erst beeinflußbar wird. Drohte die öffentliche Verbrennung des Ketzers dem Glaubenszweifler präventiv das gleiche Schicksal an, so löst Ingrid Bergman in der Rolle der Jungfrau von Orléans nur noch ein flüchtiges Sentiment aus. Auch darin, in der Abstraktion des Schreckens, wird der Ersatz deutlich, zu dem das ganze Leben mehr und mehr geworden ist.

Gebührenpflichtige Anästhesie

Daß Fernsehen Suchterscheinungen hervorrufe, ist nicht neu und häufig genug wiederholt und dennoch nie so recht begründet worden. Die Analyse des grundlegenden Faktors ginge uns wohl zu nahe: weil tatsächlich unter die Haut, falls wir diese als natürliche Grenze zwischen dem äußeren und dem inneren Menschen ansehen wollen. Denn die Sucht, wie alle Süchte, beruht auf einem Umstand, dessen man nur ungern inne wird: daß das Individuum seine eigene Bedeutungslosigkeit nicht ertragen kann und dadurch zu ihm unerklärlichen Leiden genötigt ist, deren gängige Form »endogene Depression« heißt. Gegenmittel finden sich allerorten: Alkohol beispielsweise. Doch der ist nur ein schwaches, unvollkommenes Mittel der Entäußerung, weil letztere erst auf dem Wege zur Bewußtlosigkeit erreicht wird.

Der Fernsehzuschauer jedoch, der »Televisierte«, löst sich beim Fernsehen unmerklich von seiner Person ab: Er wird zum bloßen Körper, zu Auge und Ohr, während sein Selbst sich in ganz anderen Regionen bewegt. Auf seinem Gesicht zeichnen sich hemmungslos Regungen ab, Reaktionen, die er sich im »wirklichen Leben« bei durchgehaltener Selbstkontrolle nie gestatten würde. Man spürt ja manchmal selber das breite, dumme Grinsen, die Grimasse, zu der man veranlaßt wird, sobald man für Momente den Bann abstreift. Mit Erschrecken und Scham stellt man fest, durch welch billige Manipulationen einem an der Psyche herumgespielt wird, ein fast mechanischer, einer bezahlten Kopulation ähnlicher Vorgang. Simplizität ist der Generalbaß des Fernsehens, das sich Differenzierung und Reflexion gar nicht leisten kann, weil es sonst seine selbstgestellte, von Politikern ihm zugeordnete Aufgabe nicht erfüllen könnte: zu unterhalten. Aber im Gegensatz zu Brechts programmatischer Erklärung, mit der das »Kleine Organon« anhebt und derzufolge das Theater der Unterhaltung diene, meint Fernsehunterhaltung etwas ganz anderes, Mindereres und Höheres zugleich. Es ist nicht weniger als ein »Heilsinstrument«, in religiösem wie medizintechnischem Sinne, denn sein Zweck besteht in der Erlösung vom Übel, sogar von einem doppelten Übel: dem der äußeren Umwelt und dem der je eigenen Person. Weil letztere, da fast zur Gänze an die besagte Umwelt adaptiert, im Status der Überflüssigkeit dahinexistiert. Sie, die Person, ist nur insoweit vorhanden, wie sie Funktionen in ihrer Umwelt ausübt, außerhalb dieser hat sie keine Daseinsberechtigung mehr. Solange sie Angestellter und Konsument ist, Kunde, Käufer, Verkehrsteilnehmer, Hersteller und Verbraucher, besitzt sie Realität, welche sogleich verschwindet, wenn sie ihren Wirkzusammenhang verläßt und sich selbst überlassen bleibt. In diesem Moment wird die Mangelsituation offenkundig: Der Person fehlt die Fähigkeit zum Umgang mit dem, was von ihr übrig ist, und das ist nicht sehr viel. In solchen Minuten der Wahrheit, nämlich der Begegnung mit sich selber, steht der einzelne vor seinem seelischen Interieur, das sich als karges Meublement entpuppt – falls der Binnenraum nicht überhaupt einem Vakuum gleicht, vor dem man die Flucht ergreift. Die Abkehr von sich selbst endet in der Hinwendung zu den elektronischen Homunculi, denen man sich voyeurhaft beigesellt, selber ein Homunculus aus der Riesenretorte der Industriezivilisation.

Langeweile, Ennui, Taedium vitae, wie immer man

nennen mag, was ursächlich Leiden an der subjektiven Leere ist, hat seine Therapie durch Fernsehen gefunden. Aber der Mensch, und damit beziehe ich mich nicht nur mit ein, sondern stelle eine Behauptung von angestrebter Allgemeingültigkeit auf, der Mensch also ist womöglich aufgrund seiner biologischen Ausrüstung und Herkunft als Herden- und Hordentier stets extrovertiert und dadurch immer in Unkenntnis seines Geburtsmakels gewesen, der einfach darin besteht, mit sich allein nichts anfangen zu können. (Die Folter der Einzelhaft spricht dafür.) Und merkt erst jetzt, als gesellschaftsbedingte Monade, wie es um ihn steht. Darum hat er gar nicht zufällig das Fernsehen erfunden, um sich eine Welt zu schaffen, an deren Geschehen er gefahrlos, weil leidlos teilnehmen kann: So erfährt und genießt er die Ausschaltung seines Bewußtseins, eine Anästhesie, die den Schmerz seiner eigenen Unerträglichkeit stundenweise lindert.

Emanzipation

Sobald man nur lange genug in dem kleinen dunklen Raum in einem der älteren Häuser hinter dem Hamburger Hauptbahnhof vor der Leinwand gesessen und zugesehen hat, verfremdet sich mehr und mehr der beobachtete Vorgang. Zwei Menschentiere, nackt, umklammern einander, mit Mund und Zunge schmecken sie Teile von sich, als würden sie nie dessen satt, bevor sie sie ineinanderschieben wie Maschinenteile; auch der Rhythmus kommt solcher Assoziation entgegen. Dazu tönt aus einem verborgenen Lautsprecher dumpfes Stöhnen und grelles Ächzen, ob vor Begeisterung oder unstillbarem Leiden, ist dem nicht zu entnehmen. Erregung geht von den bewegten Bildern aus, dann aber rücken sie in Gefühlsferne und werden unverständlich. Was diese Paare da treiben, erweist sich unerwartet als pure Kinetik, denn es trifft den Zuschauer kein Blick des Einverstehens, es wird ihm kein Wink gegeben, den Akt als einen Verweis auf Umfassenderes zu entschlüsseln, wie er es von der Betrachtung eines Kunstwerkes gewohnt ist.

Der Auftritt des Beischlafes aber im technischen Medium sonst üblicher Kunstvermittlung, im Film, und in einem von ebendiesem her gewohnten Raum, beeinflußt die Anschauungsweise. Das Auge, sonnenhaft wie stets, erwartet unbewußt Ästhetik und Katharsis und erhält statt dessen nacktes Leben, das, weil völlig unvermittelt, auch völlig fremd erscheinen muß.

Wir Haustiere

Hinter den abweisenden Fassaden, auch hinter den einladend älteren übrigens, ist die Menschenhaltung eklatant geworden. Schon führen Hunde uns auf Gassen und Plätze, uns die benötigte körperliche Bewegung zu gestatten. Oder wir kriechen zu den Lagerstätten unserer Katzen, animalische Wärme und sinnliche Nähe zu einem Geschöpf, das die ganze Schöpfung stellvertritt, wiederzugewinnen. Im Dialog mit dem Sittich üben wir uns im Gespräch oder starren still und stumm in das lidlose Auge des Schleierschwanzes im sanft durchglommenen Wasser des Aquariums.

Haustiere und Nutztiere zugleich, ihr Dasein zwischen beiden Kategorien wechselnd nach Bedarf und Zwang, ohne die eine wie die andere aufgeben zu können, um unter einer ganz anderen, noch zu erfindenden, eine neue Kenntlichkeit zu gewinnen. Ich meine das ernst und erinnere an die furchtbaren Fotografien unserer zur Tötung bestimmten Gattungsgenossen, deren Blick, deren Haltung, deren ganze Erscheinungsweise in ihrer schmerzlichen Unbeholfenheit an andere Tiere gemahnt, die ihrem von diversen Zwecken bestimmten alsbaldigen Verbrauch zugeführt werden.

Nicht Untiere, vielmehr armselige Tiere, welche ausschließlich auf dem schmalen Grat der Zivilisation mit dem Namen »Razor's Edge« ihrer Eigentümlichkeit frönen oder sie vertuschen, was wohl dasselbe ist. Und nichts sonst ruft dermaßen unser Mitfühlen und Mitbefürchten hervor, als eben ihre verletzte und unterworfene biologische Sonderheit. Der flehentliche Stoßseufzer nach einem jeweils individuellen Tod ist bloß blanke

Literatur – aber daß ihr Sterben sie noch einmal erniedrigt, indem es sie ein letztes Mal verwertet, als Objekte irrationaler Aggression, naturwissenschaftlichen Ehrgeizes, gesellschaftstheoretischer Fiktionen, ist Realität: Die Haut, die sie ihr Leben lang zu Markte trugen, wird ihnen noch im Tode abgezogen und auf Trommeln gespannt, deren Rhythmus die Gangart der immer wieder Nachtrabenden bestimmt.

Leiblichkeit

Die Wahrheit des Körpers (denn er besitzt eine ihm eingeborene) ist anders als das, was wir dafür halten. Wir meinen, weil er vor Angst zittere, vor Schrecken erstarre und vor Verlegenheit schwitze, sei er zur Lüge unbefähigt – was bekanntermaßen jener obskure, bei polizeilichen Verhören in den USA häufig benutzte *Detektor* schlankweg zu beweisen behauptet. Aber physische Reaktionen schon als »Wahrheiten« zu bezeichnen, heißt übertreiben. Schließlich besteht auch die Wahrheit des Hundes nicht eigentlich darin, daß er bei Bedarf bellt oder mit dem Schwanz wedelt.

Die wirkliche Wahrheit unseres Körpers liegt in unserer unüberwindlichen und andauernden Sterblichkeit begründet, die erst begriffen wird, sobald er Schwächen aufweist, Fehlfunktionen, Leiden und Schmerzen. Solange wir ihn, diesen Gegenstand unseres Seins, aber nicht spüren, hält die täuschende Ewigkeit an, von der wir unbewußt überzeugt sind und von der wir nur recht abstrakt wissen, daß wir sie uns einbilden. Allein in seltenen Augenblicken wird uns das klar, für dessen Verleugnung wir immer aufs neue Zivilisationen wie Sichtblenden aufrichten, die jedoch ihren Dienst versagen, wenn der Zeitpunkt, da sich die besagte Wahrheit hervorzuwagen beginnt, nahe gerückt scheint.

Wir wollen nicht glauben, daß wir Tiere sind, noch dazu solche, die den Zusammenhalt mit der Natur verloren und zum Schluß nicht mehr spüren, daß sie in deren Arme zurücksinken. Weil dieses Wissen Bestandteil *ihres* Wesens, *ihrer* Leiblichkeit ist, sterben alle anderen Tiere angstlos.

Befriedigung

So sehr viele kennen wir nicht. Darum ist der Begriff derart gründlich ans Sexuelle gekoppelt. Seine Zeitlichkeit ist kurz, sie hält nicht vor und zerfällt rasch wieder, als gehöre sie zur subatomaren Welt, wo nichts von Dauer ist.

Hingegen ihre schwächere Begleiterin, die Zufriedenheit, ist temporal besser ausgestattet: Sie darf währen, ohne großen Müheaufwand, ohne jenen Ausnahmezustand, der die Vorbedingung für Befriedigung zu sein scheint. Denn außer in der Sexualität findet sie sich nur noch in der Kunstausübung wieder, und damit macht sie, eigentlich durch ein »Après«, die Analogie deutlich: Nur durch ein Außersichsein, das doch in einer physisch bewirkten Konzentration ein Heimkommen ins eigene Fremdsein ist, kann sich anschließend jenes Empfinden entfalten, etwas Außerordentliches vollbracht zu haben. Die Zufriedenheit stößt uns zu, die Befriedigung aber müssen wir uns erarbeiten.

Eine Glücksdefinition

Die meisten Definitionen von Glück erschöpfen sich in Klischees, denen man daher mißtraut. Der Liebende fragt sich beunruhigt nach der Echtheit seines Gefühls, und wen das Große Los einer Lotterie getroffen hat, beginnt nach allzu kurzer Euphorie schon die Folgen des Gewinnes zu fürchten. Ob nicht Glück, und zwar jenes, auf das kein Schatten von Zweifel fällt, in einer einfachen Unterlassung besteht? Man erinnere sich der Seligkeit des Augenblicks, da aus irgendeinem Grunde ein Schultag ausfiel – vielleicht weil man krank wurde oder irgendein anderes unvorhergesehenes Ereignis den Schulbesuch aufschob. Ein Gefühl, das tatsächlich nur als Glücksgefühl zu bezeichnen ist und das grundiert war von merklich unverhoffter Freiheit. Möglicherweise ist überhaupt das eine ohne das andere nicht denkbar – daß also Glück sich nur dort einstellt, wo auch die Freiheit deutlich empfunden wird; die immer noch unausgeschöpfte Möglichkeit vielfältiger Weltbeziehung. Etwas davon ist sogar als ein Tag der Woche aus dem Gestein grauer Zeit gebrochen worden – jener Tag, an dem man frei vom Zwang der Arbeit wird. Wenige Erfindungen der Menschheit, zumindest der europäischen, enthalten, obschon religiös gefärbt und auf einen bloß noch regenerativen Zweck heruntergebracht, so viel Glückspotential wie dieser Tag, der Sonntag heißt. Und wie jedes wahre Glück, das seine Intensität aus dem Wissen um die eigene Vergänglichkeit zieht, so leuchtet auch dieser Tag nur derart hell, weil ihm unweigerlich der Montag folgen muß.

Das Geschicklichkeitsspiel

Es besteht einfach darin, in einem mit einer Glasscheibe versehenen, an der Wand hängenden Kasten Kugeln von Stufe zu Stufe rollen zu lassen, ohne daß sie in einem haltlosen und kollektiven Hinunterpoltern die Stufen verpassen, über die es einzig zum Ziel, einem runden schwarzen Loch, geht. Die Stufen sind selbstverständlich beweglich und können von außen gesteuert werden. Sobald eine Kugel von der vorsichtig schräg gestellten Ebene auf eine darunterliegende fällt, gilt es, die von der Kugel eben erreichte Stufe rasch derart zu regulieren, daß jene auf dieser liegen bleibt. Aber indem mit einer unteren Stufe eine Kugel aufgefangen wird, dürfen die anderen, ebenfalls fallsüchtigen Kugeln nicht wie Lemminge ihrer Vorläuferin folgen: sie haben zu warten, bis sie, eine nach der anderen, an der Reihe sind. Sind endlich alle Kugeln sturzlos hinabgebracht worden und in ihrem Schlupfwinkel verschwunden, hat der Spieler gewonnen. Stolz harrt er des nächsten Augenblicks, da sich am Bodenteil des Kastens, wo sich auch die verborgene Mechanik befindet, eine Klappe öffnet, um ihm seinen Gewinn zukommen zu lassen. Derselbe besteht immer aufs neue aus einem bedruckten Zettel mit einem ganz kurzen Text. »Nun kennen Sie den Weg zum Glück!« steht auf dem Papier.

Technische Möglichkeit

Vorstellbar ein Gerät, dem Aussehen nach ähnlich dem elektrischen Stuhl, auf dessen Sitzfläche man ebenso festgeschnallt wird, um durch ein steuerbares scharfes Instrument einen körperlichen Schmerz zu erleiden. Einerseits ist dieser anfänglich schwach und leicht zu ertragen, andererseits gibt es sogar einen Schaltknopf, den der Festgeschnallte bedienen und damit die Schmerzzufügung unterbrechen kann. Aber die Konstruktion enthält eine Automatik, die nach kurzer Frist erneut den Dorn (oder wodurch sonst die Peinigung verursacht wird) wieder gegen das Fleisch preßt – nur diesmal stärker als vordem. Jedesmal, nachdem die Ausschalttaste gedrückt worden ist und wenig später die Automatik erneut einsetzt, intensiviert sich das Maß von Verletzung und Schmerz: bis ins Unerträgliche, bis die Hand des Gefesselten zitternd die Taste bedient, für einen viel zu kurzen Moment der Erleichterung, gefolgt von einer nicht vorhergeahnten Steigerung, und so fort und so weitergehend: ein Vorgang, den, würde man ihn nicht entsetzt und mitleidig betrachten, man für eine Parabel halten könnte.

Die Fahrräder

Schon vor vielen Jahren sind mir in Amsterdam die verlassenen, sich selbst überlassenen Fahrräder, manchmal nur noch Fahrradrudimente, aufgefallen. Und ich muß gestehen, daß ich – als handele es sich hierbei um signifikante Objekte von hohem archäologischen Wert – von dem Anblick beiläufig beeindruckt, gar bewegt, gar ein wenig beunruhigt gewesen bin. Beim Betrachten dieser meist in desolatem Zustand befindlichen Räder versuchte ich mir darüber klarzuwerden, was wohl meine Aufmerksamkeit hervorgerufen haben mochte, denn anschauenswert waren und sind die Trümmer gewiß nicht. Und wenn ich oben »signifikante Objekte« schrieb, um meine maßvolle Verwunderung über mich selber auszudrücken, und die Verantwortung für dieses Verwundern den verschrottenswerten Resten durch solche etwas hochgestochene Überhöhung zuzuschieben, merke ich doch, daß an der »Signifikanz« etwas Wahres ist. Meine Empfindungen angesichts der Überbleibsel haben meinen Blick geschärft, zumindest den sogenannten »Zweiten Blick« verursacht, dem sich die Dinge anders zeigen, als die Gewöhnung es will.

So enthüllten unter meinen Augen die Relikte eine Bedeutung, von der sehr wahrscheinlich die Passanten nichts bemerken, weil man an unbrauchbar gewordene Geräte keinen Gedanken verschwendet: Ich habe mich mit Lust dieser Verschwendung hingegeben. Wirkten die Objekte anfänglich wie Sperrmüll, dessen man sich egoistisch entledigt und die Entsorgung der Kommune überlassen hatte, so kam mir dieser Müll bald ganz anders vor. Abgesehen davon, daß diese angeketteten, geschändeten Gestänge an den Grachten und auf den Brücken zu Amsterdam zu gehören schienen, als historische Marginalien, war der vorherrschende Eindruck, den die rostenden Teile vermittelten, der von Hilflosigkeit; eine Aufforderung, sich ihrer zu erbarmen, ganz unübersehbar. Sie haben unleugbar eine »Körpersprache«, wie keine anderen Geräte, und in ihrem elenden Zustand scheinen sie darum zu bitten, daß man ihnen die beschämende Präsenz in der Öffentlichkeit erspare und sie aus dem Blickfeld der Fußgänger entferne. Mir kamen (und kommen) sie tatsächlich wie Geschöpfe vor, denen übel mitgespielt worden ist von ihren Besitzern, die sie kaltherzig, nachdem sie treu ihre Pflicht getan, verstießen und einfach ihrem Schicksal, dem Rost und der Verrottung, überließen.

Wenn, einem Goethezitat zufolge, alles Vergängliche nur ein Gleichnis ist, dann erweisen sich die vereinsamten Gegenstände unserer Betrachtung als starke Symbole. Der menschlichen Physis »angemessen« im wahren Wortsinn, sind sie Indizien für die Symbiose zwischen Mensch und Maschine, zwischen Eigentümer und Fortbewegungsmittel. Und da letztere ihre Schäden zeigen, verbogene Speichen, deformierte Radgabeln, abplatzender Lack, aufgeplatzte Sättel, stumpfe Farben, und damit merkwürdigerweise individueller erscheinen als bei Auslieferung durch den Hersteller, verlangen sie danach, sich ihre treulosen Besitzer vorzustellen. Was für Leute mögen einstmals auf diesen Gestellen gesessen haben, über den Lenker gebeugt, die Pedalen tretend, auf dem Wege zur Arbeit oder zu Freizeitvergnügungen?

Manchmal habe ich versucht, den Überbleibseln einen Typ zuzuordnen, einen Steckbrief des jeweils »flüchtigen« Eigentümers zu entwerfen, aber es sind mir bei diesem Unternehmen nur stiefväterliche und stiefmütterliche Personen in den Sinn gekommen, Ignoranten der Tatsache, daß auch Dinge so etwas wie Eigenleben haben, zumindest ein geschichtlich relevantes: Unzuverlässige Subjekte immerhin, die sich unter Hinterlassung ihres dienstunfähig gewordenen Helfers aus dem Staube machten, um damit ein eindeutiges Beweisstück ihrer Charakterlosigkeit zurückzulassen.

Nicht zuletzt erweisen sich die ausgesetzten Krüppel technischer Herkunft als Zeichen einer Zivilisation, die im Überfluß dahinlebt: Niemand in der Dritten Welt könnte es sich leisten, ein noch brauchbares Kugellager, einen Zahnkranz, ein Schutzblech der zerstörenden Witterung zu überlassen. Die Wegwerfgesellschaft bekennt sich durch die Fahrradskelette zu ihrem Grundprinzip, das sich übrigens nicht nur auf ihre materiellen Produkte erstreckt. Diese Gesellschaft ist eine der anmaßenden Blindheit, für die die Zweckdienerschaft das Primat hat, und wo etwas seinen Zweck nicht mehr erfüllt oder auch bloß: nicht mehr perfekt erfüllt, ist das Todesurteil über die Sache schon gesprochen. Unser Umgang mit unseren technischen Sklaven schwankt zwischen Nachlässigkeit und Sorglosigkeit, weil wir zu wissen meinen, daß die Quelle aller Erzeugnisse nie versiegen wird. Diese unausgesprochene, hauptsächlich mentale Sicherheit ist sowohl fatal wie gefährlich, denn sie verführt zu einem Verhalten, das gegenüber den Dingen keine Schonung kennt. Und keine Schonung der Dinge impliziert unter den Verhältnissen der allgemeinen Verdinglichung des Menschen Schonungslosigkeit auch ihnen gegenüber. Eine Einsicht, die nicht zuletzt die metallnen Symbole vermitteln.

Noch ein weiterer Aspekt läßt sich erkennen: Die

Fahrradfindlinge wirken wie aus früheren Epochen stammend; wie Signale aus einer Welt, die es schon gar nicht mehr gibt und die nur noch archäologisch erforscht werden kann: Spuren eines Unterganges, von dem man sich kein Bild machen kann. Den Betrachter versetzen die Relikte in die Situation von Marsmenschen, die sich aus aufgefundenen Bruchstücken das Verschwundene rekonstruieren müssen. Durch ihre eigene Deformation und den Platz ihres Auffindens verfremdet, erwecken sie den Anschein, Exponate in einem Freilicht-Museum zu sein, für die Nachwelt ausgestellt. Etwas vom filmisch verbreiteten Schrecken des »Day after«, vom imaginierten Ende alles Irdischen, von einem bedrohlichen Memento mori bildet die Aura dieser technischen Leichname.

Daß fabrikneue Räder nichts von solchen Überlegungen hervorrufen, liegt sicher daran, daß das Fahrrad zu einem billigen Gebrauchsgegenstand geworden ist und somithin beliebig, so daß sich eine persönliche Beziehung zu ihm nicht mehr herstellt. Durch Massenhaftigkeit des Diebstahls ist es fast schon zu einem kostenlosen »öffentlichen Verkehrsmittel« geworden – was übrigens auch eine emotionale Bindung behindert. Dabei hat das Fahrrad einmal einen merkwürdigen »Kulturkreis« um sich gebildet, angefangen von der speziellen Kleidung für Radlerinnen und Radler bis zu »Hundebomben«, die der vorsichtige Radler in der Satteltasche bei sich zu führen pflegte, um diese bei einer Dorfdurchquerung den ihn verbellenden bissigen Kötern vor die Pfoten zu werfen. Es gab Pretiosen in Fahrradform, Fahrräder als Berlocken für die Uhrkette, eine Fülle von Tand und Tineff, der sich seines Themas, welches damals noch »Velociped« hieß, mit Leidenschaft angenommen hatte. Reprints »antiker« Versandhauskataloge demonstrieren in ihrem Hauptteil, welch übergreifende Bedeutung das Fahrrad einst besaß und was für eine umfangreiche Produktion häufig geradezu grotesker Accessoires sich um das »moderne« Fortbewegungsmittel rankte. Aber wie stets im Verlauf der Geschichte reduziert die Gewohnheit das Interesse an Novitäten: Das Fahrrad heutzutage ist eine derart absolute Selbstverständlichkeit, daß es als Anlaß zur Reflexion kaum mehr auftaucht.

Und doch ist es, wie sonst kein technisches Gerät, dem Menschen verbunden. Allein schon dadurch, daß es auf seine Muskelkraft angewiesen ist, auf seinen Gleichgewichtssinn, auf seine Reaktionsfähigkeit während des Fahrens. Die Forderungen an den Benutzer sind erstaunlich vielfältig, sie beziehen den »ganzen Menschen« ein, wohingegen andere technische Apparate nur partielle körperliche Talente beanspruchen. Das machte das Fahrrad zu einem außerordentlichen Gefährt, ja, zum Gefährten, und die spöttische Bezeichnung »Drahtesel« enthält die immerhin erahnte Wahrheit von der Wesensnähe zum »Reiter«, von dem notwendigen Miteinander, um die Fortbewegung in Gang zu setzen. Eine richtige Überlegung ist wohl die, daß das Fahrrad zu den letzten Werkzeugen gehört, die noch auf unmittelbare Weise eine Erweiterung (und Verbesserung) unserer Körperlichkeit darstellen, als Steigerung unserer biologischen Möglichkeiten: Es beschleunigt unser Vorwärtskommen, aber in Abhängigkeit von unseren Beinen, von unserer Atmung, von unserem Durchhaltevermögen. Geräte dieser Art sterben aus. Unser Fahrrad steht noch in der genealogischen Erbreihe von Pfeil und Bogen, Flaschenzug und Sense; es stammt aus einer Zeit vor der

Knopfdruck-Ära. Insofern ist das Fahrrad, obschon eine recht späte Erfindung, im Sinne der hypertrophen Technisierung unseres Alltags nahezu archaisch, wie Handwerkszeuge von vorgestern, deren Gebrauch man auch erst erlernen mußte – während ja heute bereits die Gebrauchsanweisung ausreicht.

Nicht zuletzt darum eignet den verlorenen Rädern etwas durchaus Humanes: weil sie Bestandteil einer Gemeinschaft waren, welche – zumindest auf unserem Kontinent – immer seltener zu werden beginnt. Wobei wir uns für die Herren und Meister der Technik halten, deren Knechte und Leibeigene wir aber schon längst und vor allem *unwiderruflich* geworden sind.

Armbanduhr

Einmal, als ich die Armbanduhr abschnallte, empfand ich das, als löse sich eine Handfessel. Bis zu diesem Augenblick hin hatte mich ein unsichtbarer Vollzugsbeamter geführt, von dem zu befürchten bestand, daß er nichts als mein Doppelgänger sei. Aber wie immer nach langer Haft wußte der Freigewordene nichts mit seinem Überbleibsel anzufangen. Erst als ich die Uhr wieder umlegte, rückten alle Dinge erneut an ihren vorherigen Platz, um wieder das raumgreifende Sedativ zu bilden, von dem man betäubt worden war, so daß man die Klammer am Gelenk, die Führung, die Zielrichtung der Gänge nicht bemerkt hatte.

»Dampfradio«

Erst als ich an mir selber merkte, wie ich mit einem gewissen wehmütigen Vergnügen davorstand, begann ich zu überlegen, warum man heutzutage Radios in der Ummantelung ihrer Frühzeit wohl herstelle. Romanisch gewölbte Mahagoniholzkästen mit stoffverkleideten Rundbogenfenstern, hinter denen der Lautsprecher nebst aller modernen Technik unserer Gegenwart der Benutzung harrt. Diese Geräte erwecken glaubhaft den Anschein, sie hätten unbeschadet die vergangenen sechzig, siebzig Jahre in einer dunklen Kellerecke überstanden, und ich erinnere mich noch sehr genau, in meiner Kindheit selber vor solchem Kasten stumm lauschend gehockt zu haben.

Aber warum und aus welchem Grund nun diese Replika? Aus Nostalgie? Um ältere Leute mittels altertümlicher Formen an die aktuelle »Unterhaltungselektronik« zu gewöhnen? Oder weil wir vielleicht ahnungsvoll meinen, solch Apparat funktioniere wie beim Baron von Münchhausen das Posthorn, darin bei strengem Frost die Töne einfroren, um erst nach der Ankunft und am wärmenden Ofen zu erschallen – daß uns der Apparat also nur verspätet Nachrichten und Neuigkeiten brächte, solche von vorgestern etwa, durch den Gehäuse-Anachronismus zum akkustischen Nachhinken gezwungen?

Oder sollte man nicht vielmehr annehmen, daß die »antike« Erscheinungsweise dazu verführe, alles Gehörte durch den optischen Eindruck unbewußt als schon vergangen anzunehmen, die Schreckensmeldungen des akuten Momentes einer Vergangenheit zuzuordnen, einem historisch überlebten Augenblick, von dem darum weniger Gefahr ausginge und somit auch unsere Befürchtungen schwächer wären, als wenn die Bedrohungen einem »Receiver« entströmten, dessen Design dem ohnehin ins rein Funktionelle verwandelten Alltag entspricht.

Radiohören

Daß es der Unterhaltung diene, wie der allgemeine Sprachgebrauch meint, ist nur eine ganz oberflächliche Erklärung, die erst wieder stimmig wird, sobald wir den Begriff »Unterhaltung« wörtlich, nämlich als Verdeutschung von »Dialog«, nehmen. Wir hören unentwegt diese plaudernden Personen und leichtfertigen Musiken mit ihren nichtssagenden Gesängen, weil sie uns etwas ersetzen, was man die »innere Stimme« zu nennen gewillt ist. Vielleicht hieß das längst in uns Stummgewordene sogar einmal die Stimme Gottes, an deren Stelle wir kurzwährende und kurzweilige Implantate erhalten, die uns platte Weisheiten zu Liebe und Leben mitteilen und denen wir automatisch mit unseren Empfindungen antworten. Vielleicht handelt es sich sogar um eine Art Zwiegespräch, das wir zu anderen Zeiten mit unserer Umwelt, die uns heute nichts mehr sagt, pausenlos geführt haben, und deren unverständlich gewordene Beredsamkeit wir mit unseren Apparaten überlagern – abgeschnitten von unserem Ursprung, von den natürlichen Bindungen zu unserem eigenen Selbst, das nur noch als Echo funktioniert und nicht mehr als Quelle.

Tonmöbel

Die Bezeichnung klang komisch und war doch zutreffend. Denn vor über zwei Dezennien baute die sogenannte Unterhaltungsindustrie ihre Geräte noch nach dem Vorbild des Kunden-Mobiliars. Mit sicherem Instinkt für das nicht Geheure des neuen Deus ex machina wurde dieser unter poliertem Mahagoni oder schlichter Birke versteckt, damit das Instrument akustischer und visueller Fremdbestimmung dem gewohnten Interieur angeglichen sei. Hauptmerkmal solcher unbewußten Bewältigungsversuche war die »Truhe« – ein üppig plumpes Möbel, welches Radio, Plattenspieler, Tonbandgerät und manchmal auch den Fernsehapparat kombiniert in sich barg, respektive *ver*barg, denn bei geschlossenen Türen und Klappen ließ sich nichts vom Inhalt ahnen. Nur bei Betrieb wurde die Technik enthüllt, deren Nacktheit man sich nicht aussetzen mochte.

Eine deutsche Firma (Braun) brach das nie als solches deklarierte Tabu, indem sie das Industriedesign für Geräte, wenngleich in abgemilderter Form, auf den Markt brachte. Wir haben inzwischen beim Anblick der konsequent technischen Erscheinungsweise von Apparaten vergessen, daß dies einmal die Ausnahme gewesen ist. Dabei war das Unterfangen, die Geräte dem persönlichen Wohnbereich unauffällig zu integrieren, ein deutlicher Akt des Widerstandes gegen die wachsende Dominanz der Technik und zugleich der mißlingende Versuch, den humanen Schein zu wahren, ähnlich wie zu Beginn der Industrialisierung das Dekor auf dem Gußeisen von Maschinen die Fremdheit zwischen ihnen und den Menschen verringern sollte. Das mußte notwendigerweise scheitern, da parallel zur technischen Entwicklung eine rein technisch verstandene Funktionalität als vorbildlich für die Gesellschaft und die Aktivität des einzelnen angesehen wurde. Die um sich greifende Herrschaft von »Sachzwängen« – ein Begriff, der die verdinglichte, funktionsverpflichtete Pression exakt benennt – ließ nur eine scheinhafte Alternative zu. Entweder sich durch eine allgemeine und umfassende Rebellion der Technik überhaupt zu entledigen oder sich mit ihr zu arrangieren und zu identifizieren, nach dem Uraltmuster des sich Identifizierens der Beherrschten mit ihren Herrschern. Diese unmerkliche Unterwerfung vollzog sich endgültig in den frühen sechziger Jahren unseres Jahrhunderts. Damit entfiel jedoch auch der Antrieb, den Geräten ein ihnen widersprechendes Kostüm zu verpassen. Unverblümt und triumphal erschien Technik im privaten Raum: als eine Art Geßlerscher Hut, der uns unseren wahren Status vor Augen führen würde, wenn wir Schlafwandler die Kraft fänden, die Lider zu heben.

Zeitungen

Man kann sie natürlich auch auf ihren Informationsgehalt hin lesen. Aber das wäre oberflächlich. Jede Zeitung ist doch in sich ein Kryptogramm, auf Entschlüsselung wartend, die zu leisten wir nicht imstande sind. Alle Nachrichten, Mitteilungen, Berichte, Notizen und Meldungen stehen in ungewollt osmotischer Beziehung zueinander. Weder haben daran die Redakteure noch die Setzer und Drucker ihren Anteil. Die verborgenen Verbindungen stellen sich auf eine fast pflanzliche Weise von selber her, zumindest unter Einflüssen, die klimatischen ähneln. Nur manchmal ahne ich die Lösung beim Durchblättern: Daß sie, die Zeitungen, Todesanzeigen der Gegenwart sind. Was ich da lese, ist schon ferne Vergangenheit, irreparabel, nicht korrigierbar, von unvorstellbaren Auswirkungen. Selbst der Wetterbericht in seinem apodiktischen Ton zeigt sich als Ursache für uns noch völlig unbekannte Folgen, die, sobald die nächste Zeitung sie nennt, selber wieder nur Geschehenes bestätigen.

Zeitungen sind handliche Sedimente, an denen sich ablesen läßt, was war. Insofern erweitern sie gar nicht unser Wissen, das, solange es rückwärts gewandt bleibt, ohnehin überflüssig und sinnlos ist. Da wünschte man sich den Schlüssel, um aus den atmosphärisch bedingten Kombinationen gedruckter Gestrigkeiten den Fingerzeig auf Künftiges zu entnehmen. Aber es gibt keinen Schlüssel, oder, falls doch, wird er versteckt gehalten, denn der bilanzierende Klartext besagter täglicher Chiffren ergäbe kaum eine tröstliche Botschaft – eher eine, die einen schon heute dazu veranlassen würde, die Zeitung für morgen abzubestellen.

Das letzte Abenteuer

In einer Welt ohne Abenteuer und voll von deprimierender Langeweile, wie sie unsere Zivilisation als tödlicher Virus durchdringt, bietet es sich an, die von psychischer Lähmung Betroffenen mittels einer zu erwartenden, aber zeitlich ungewissen Gefahr aus ihrer Lethargie zu wecken. Der für alles und jedes verantwortlichen und jedermann erreichenden Industrie stellte sich eine existentiell wichtige und dankenswerte Aufgabe, welche einfach darin bestünde, ihre Produkte so zu konstruieren, daß sie der Alltagsmonotonie entgegenwirken. Besonders einfach wäre es, in die Lenksäulen unserer Kraftfahrzeuge eine Sollbruchstelle einzubauen, um nach einer gewissen, jedoch unvorhersehbaren Kilometerleistung das Lenken abrupt zu verhindern. Durch einen solchen ständig zu erwartenden panischen Augenblick lebensbedrohender Hilflosigkeit ergäbe sich eine neue individuelle Zukunftsungewißheit, Ursache einer ständigen inneren Spannung und wiedergekehrten Wertschätzung des vielleicht schon im nächsten Moment beendeten Daseins, das im gewohnten »Normalbetrieb« seinen Reiz durch verlorene Schicksalsbindung eingebüßt hatte.

Wildschaden

Mehr als ein hin und wieder zufällig auftauchender Bestandteil der uns umgebenden Restnatur: das Wild. Weil es immer noch mit einer Bedeutung ausgestattet ist, die als solche von uns gar nicht mehr erkannt wird, da wir sie fest in die Regel genommen haben. Diese Regel besagt, jedes Tier sei eo ipso ein Opfertier, zumindest potentiell: ein Stück fälschlich für *frei* gehaltenen, sich selber genügsamen Lebens, das, sobald wir es absichtslos töten, von uns keinesfalls umgebracht wurde, um uns zu entsühnen. Dennoch: Die öffentliche, gar offizielle Behandlung eines solchen Vorfalles basiert auf dem archaischen Grundprinzip der Stellvertretung. Bei einem Autozusammenstoß mit einem Reh beispielsweise ist der Fahrer automatisch von jeder Schuld befreit: »Wildschaden« nennt sich die meist tödliche Begegnung ungleich gewordener Arten. Der betroffenen Kreatur, die ihrer unveränderlichen biologischen Prägung folgt, wird die Verantwortung für das eigene Verhängnis juristisch zugeordnet. Während das Strafrecht immerhin den Affekt als entlastendes Moment kennt, sogar die durch Leidenschaft verblendete oder erblindete Vernunft mit Milde belohnt, gilt für unser Mitgeschöpf der Mangel an Intelligenz als eindeutige Schuld. Es steht nicht in der Sorgepflicht des Menschen und hat sein Sterben in einer Kausalität zu erleiden, als deren Urheber es von Anfang an gilt: es hätte ja nicht ausgerechnet an dieser Stelle, in diesem Augenblick die seinen Wald zerteilende Straße kreuzen müssen. Wir jedenfalls gehen aus dem Geschehen rechtlich rein hervor. Der selbstvollzogene Freispruch stammt jedoch aus jener historischen Frühe, wo die

Opferung nichtmenschlichen Lebens die des menschlichen ablöste.

Während das Haustier inzwischen durch seinen ökonomischen oder psychologischen Nutzen zum Objekt geworden und vor dem verfrühten Ableben bewahrt ist, zeigt das Wild, das »wilde« Tier außerhalb unserer Siedlungen, gerade jene Eigenschaft, derer wir uns begeben haben, und eben weil es keinem dient als sich selber, nehmen wir sein Verenden gelassen hin: Schutzwürdig erscheint einzig, was uns ähnelt, und zwar in seiner elendiglichen Domestikation, und was uns nicht an unsere eigene animalische Herkunft, an unseren einstigen Status erinnert, den wir im Rahmen der Haftpflichtversicherung und mit Hilfe der Straßenverkehrsordnung soweit vergessen haben, daß wir seiner bei gegebenem Anlaß überhaupt nicht mehr gewahr werden.

Im »fernen Spiegel«

Nur aus der Ferne, nämlich aus einem Fenster meines Hauses, habe ich einiges, wenn auch undeutlich, von dem Vorfall gesehen. Auf der Bundesstraße 204 ist nach einem Verkehrsunfall ein Mann in seinem Auto verbrannt. Müßte ich an diesen einfachen Satz ein Hilfsverb hängen, so daß es hieße: verbrannt *worden*, entstünde sofort die Assoziation zu ganz anderen Epochen. Aber was eigentlich – so fragte ich mich später – unterscheidet mich aufgeklärten Teilhaber des 20. Jahrhunderts von meinen Vorläufern vor 600 Jahren?

Angesichts einer sadistischen Neugier, die Zuschauer zu Unfallstätten zieht wie Motten ans Licht, weiß ich: sie kommen aus dem Mittelalter und vermissen die Scheiterhaufen, die öffentliche Hinrichtung, das Hängen und Vierteilen und Rädern. Sie sind Zeugen ihrer eigenen Unmenschlichkeit, ohne dessen gewahr zu werden. So wie im erwähnten Einst jeder wußte, daß die höchsten Tugenden Mitleid, Erbarmen und Demut seien, ohne jedoch daraus Schlußfolgerungen für die eigene Lebenspraxis zu ziehen. Uns geht es nicht anders.

Der Mann, der auf der B 204 in seinem Auto ein Autodafé erlitt, bewegt mein Gemüt oder meine Fantasie sowenig wie den Einwohner des 14. Jahrhunderts die Verbrennung einer Hexe oder eines Ketzers am Rande seines Daseinsbereiches. Die Geschäfte gehen weiter. Das Essen schmeckt nicht schlechter. Die persönlichen Sorgen schützen vor fremden. Die Zeit läuft ab wie immer.

Gewiß, die Gleichheitszeichen lassen sich nur bedingt setzen. Wir würden es wohl, zumindest anfangs, nicht ertragen mitanzusehen, wie vor unseren Augen ein Mensch verkrüppelt und getötet wird. Aber wenn es außerhalb unserer Optik sich vollzieht? Und was, wenn dieser Vollzug gar noch der überwältigenden Macht des Zufalls anzulasten ist? Die Fragwürdigkeit unserer Ethik besteht einfach darin, daß wir uns mit solchem gewaltsamen Sterben abfinden, weil wir die Kausalitäten anders bewerten, obschon die Tatsache an sich völlig unverändert bleibt: Tod ist Tod. Im irrationalen Urteil über Hexen und Ketzer vermeinen wir, die Finsternis eines überwundenen Aberglaubens zu erkennen, während wir das unaufhörliche Krepieren rund um uns einer höheren Gewalt zuschreiben, die wir schon als »natürlich« empfinden wie Erdbeben oder Vulkanausbrüche – obschon sie, diese Gewalt, doch nur durch unsere direkte Beteiligung entsteht. Und ebenso wie in der Vergangenheit sind wir auch heute noch nicht in der Lage, über unsere Zuschauerposition hinaus uns einzubeziehen: daß es auch uns so treffen könnte wie die Hexe, den Ketzer, den Autofahrer, deren Schicksal sich »gesetzmäßig« erfüllte. Aber dieses Gesetz, in dessen Präambel mit unsichtbarer Schrift steht, daß, wo gehobelt wurde, auch Späne fielen, ist kein Naturgesetz, sondern nur eines der Statistik und der Mechanik.

Zwischen »verbrannt« und »verbrannt worden« liegen Welten, die kaum einige Millimeter Abstand zueinander gewonnen haben.

Im toten Winkel

Während des Überholens geschieht, daß der überholende Wagen im Außenspiegel verschwindet: Er fährt im toten Winkel unsichtbar dahin, und für den Überholten scheint es, als habe der andere sich in Luft aufgelöst, bis er aus dem toten Winkel hervorschießt und an ihm vorbeizieht – ein alltäglicher und überaus bekannter Vorgang, den zu erwähnen sich kaum lohnte, enthielte er nicht ein unauffälliges Gleichnis. Und das besteht darin, daß wir in unserem täglichen Leben von einer wahrlich unübersehbaren Anzahl toter Winkel umgeben sind, aus denen manchmal unerwartet auftaucht, was uns vielleicht schon lange begleitet hat. Häufig sind wir verblüfft über das, was uns zustößt, aber doch nur einzig darum, weil uns niemals bewußt wurde, wie eingeschränkt unser Blickfeld ist, so daß wir das Heil oder Unheil nicht kommen sehen. Noch bedrückender der Umstand, daß wir überhaupt nicht ahnen, ob uns in dem besagten toten Winkel nicht ständig die Schar der Erinnyen folgt, ohne daß wir ihrer je ansichtig werden. Wir starren aufmerksam in den Spiegel und sind uns der Gefahrlosigkeit sicher, da wir leichtfertig unseren Augen trauen.

Solche toten Winkel sind Dimensionen unseres Daseins, erzeugt von unserer eingeschränkten Vorstellungskraft, unserer mangelnden Fantasie: Für den einzelnen erweisen sie sich oft als fatal, für größere Organismen wie Staaten oder Nationen bergen sie die Katastrophe. Stets droht die Kollision, die sich nach der Wahrscheinlichkeitsrechnung irgendwann ereignen muß. Diese toten Winkel sind, wie könnte es anders sein, Produkte, die als unsichtbarer Bestandteil der Technik miterzeugt werden und zu einer Technik gehören, welche den Anschein zu erwecken vermochte, sie sei nicht mehr als die Summe ihrer offenkundigen Eigenschaften.

Im Rahmen

Nahezu quadratisch begrenzt: Meine Perspektive. Innerhalb dieser Begrenzung sind Bäume in rastloser Bewegung begriffen, aus der sich, wenn sie endet, nichts ergeben hat. Auch scheint das aufgeregte Schwenken der Äste und Zweige hysterisch und chaotisch, eine Harmonie, die dem Betrachter fremd ist: Es ist die eines unverständlichen, aber unaufhörlichen Kampfes. Regen wallt in abgeteilten Partien zu Boden und zieht rasch wechselnde Vorhänge vor die Sicht: Sein Geräusch enthält alle früheren Begegnungen mit seiner erinnerungsmächtigen Erscheinung, selbst wenn sie Jahrzehnte zurückliegen und eine vergessene Kindheit verbergen. Den Zaun und die Baumstämme färbt er schwarz, als sei ihm eine Tinktur beigefügt, die nur mit Holz reagiert und sonst unsichtbar bleibt. Von den Blättern prallt er ab, läuft später in Tropfen oder mikroskopischen Flüssen an ihrer Grünheit bis zum Sturz auf die Erde hinab. Auch die Büsche regen sich eifrig, nur die Halme verschiedener Länge nahe der massigen Krume schwanken schwach: Da unten bei ihnen hat der Wind wenig zu suchen. Es ist, was das Fenster da rahmt, ein Bild beruhigender Unruhe, das alles sonstige ausschließt, ähnlich dem Dürerschen Rasenstück, nur überdimensional und von Leben erfüllt, dem wir bloß noch durch den kurz dauernden Blick verbunden sind.

Zweimal »Puffing Billy«

Gelb und Orange, Dunst und Rauch, nur ahnbare Landschaft unter der Brücke, die aus dem fern verschwommenen Bildhintergrund perspektivisch hervorläuft und direkt auf den Betrachter zu. Auf ihr eilt das Ungeheuer jener Epoche, da der Maler William Turner ihm begegnete, einem Publikum entgegen, welches außer dem Beginn des Impressionismus in der bildenden Kunst wohl wenig mehr im Auftritt von »Puffing Billy«, der ersten Lokomotive der Menschheit, zu sehen vermag. Genau in der Gemäldemitte, als zentraler Gegenstand, wird, entgegen der sonstigen Malweise, mit silhouettenscharf umrissenem Schornstein die Bedrohung kenntlich. Dieses Ding da, fand Turner 1816, bedeutet mehr, als es realerweise scheint.

Als Realität nämlich steht es unauffällig im Londoner Wissenschaftsmuseum in einer Ecke, eine auf Räder gesetzte Dampfmaschine, schwarzes Eisen, plump, ja, geradezu von einer tückischen Nichtigkeit, eben bloß »Puffing Billy«. Zwischen diesem und dem von Turner festgehaltenen Eindruck von Überwältigung und Befürchtung scheint keine Beziehung zu bestehen, sowenig wie zwischen dem metallenen Ausstellungsobjekt und dem gegenwärtigen globalen Zustand, da keiner uns von unserer wachsenden Objekthaftigkeit Mitteilung macht und uns zeigt, wie ähnlich wir schon »Puffing Billy« geworden sind.

Fahren und Erfahren

Eine menschliche, allzu menschliche Eigenart besteht darin, daß man alles, zumindest vieles zu wissen meint, ohne zu ahnen, wie wenig man eigentlich wirklich weiß. Denn unsere nahezu gesamte individuelle Kenntnis von der Welt und dem sogenannten Leben ist ziemlich abstrakt. Was soviel heißt wie: Es fehlt uns die entsprechende Erfahrung, die solches Wissen erst konkret werden ließe.

Natürlich muß man keinesfalls probehalber gestorben sein, um zu wissen, was Tod ist. Und doch macht gerade dieses banale Beispiel klar, wie absolut konsequenzlos solch Wissen bleibt. Jeder Mensch ist sterblich, nur ich nicht, heißt die geheime Devise, nach der jeder vor sich hin existiert. Abgesehen davon, daß der leider nur selten verkäufliche »Schatz unserer Erfahrungen« niemals der Menge an Informationen entsprechen kann, von denen wir lawinenartig überrollt werden, sind sogar die Erfahrungen selber von Auszehrung und Ausbleiben bedroht, ja, sogar von unabsichtlicher Verfälschung durch das eigene Ich. Das gilt es zu bedenken, bevor wir uns auf die Suche nach der verlorenen Zeit machen und eine Vergangenheitsreise antreten, gegen die die H. G. Wellssche mit der Zeitmaschine ein Sonntagsausflug gewesen ist.

Wie immer haben wir es Schriftstellern zu danken, die zugleich Chronisten waren, daß wir uns eine Vorstellung von fern zurückliegenden Tagen machen können. Ausdruckskraft und Wortmächtigkeit vermitteln uns immerhin eine Ahnung vom Dasein der Nachkriegsära, auch wenn wir den sinnlichen Eindruck, die überwältigende Atmosphäre anarchischer Zustände entbehren müssen.

Wir sind mehr oder weniger gut informiert über die Schrecken des Krieges und des Terrors, über das unsägliche Leiden, das wir bedauern, aber nicht begreifen. Wir schütteln den Kopf und fragen uns: Warum haben die Leute das bloß alles mitgemacht und erduldet? Das war doch alles ein blutiger Irrwitz? Wieso haben die damals, noch nachdem alles vorbei war, nicht in ihrer Mehrheit den Wahnsinn eingesehen? Weil der Wahnsinn, wo er als Norm durchgesetzt ist, die alltägliche Normalität bedeutet. Und wo, was dieser Normalität widerspricht, nämlich Vernunft und Einsicht, zur Abnormität wird. Das Nachkriegschaos, für den Besucher aus New York oder Melbourne ein Kaleidoskop unverständlicher Verrücktheiten, war für jene, die es erlebten, eine Selbstverständlichkeit. Zu hungern und zu frieren war keine Ausnahmeerscheinung. Es war ganz klar, daß man sich einen Mantel anzog, um abends ins Bett zu gehen. Daß man durch Ruinen kletterte und – wie das alte Weiblein im Märchen – Holz für den Herd sammelte, auf dem eine stinkende Suppe aus erfrorenen Kartoffeln brodelte, welchselbe man beim Bauern gegen einen Teppich oder eine Uhr mit Westminstergong eingetauscht hatte. Mitteilungen darüber klingen den Nachgeborenen gleich mittelalterlichen Mären, unwirklich und wie ausgedacht. Aber unser Mittelalter liegt erst rund 40 Jahre zurück und hat sich doch von uns schon abgelöst, als wären es 940 Jahre.

Zu meinen damaligen Erfahrungen gehören auch Eisenbahnfahrten, und die haben mich für den Rest meines Lebens traumatisiert. Ich bin noch immer unsicher an der Bahnsteigkante, beim Einsteigen, und bin außerstande, einen Fortreisenden bis in sein Abteil zu begleiten, weil ich fürchte, der Zug fährt sofort mit mir ab. Denn damals setzten sich die Züge vorwarnungslos in

Bewegung, während die »Passagiere« sich noch durch Fenster und Türen quetschten oder auf den Trittbrettern übereinanderkletterten, um dort während der ganzen Fahrt auszuharren. Hüte, Mäntel, Mützen zeigten sich nach der Ankunft perforiert durch Funkenflug aus dem Schornstein der Lokomotive. Wer in ein Abteil gelangte, verteidigte es gegen Mitreisende, um nicht selber draußen stehen oder hocken oder hängen zu müssen. Da die Züge unerhört langsam vorankamen, fuhr man Kurzstrecken bis in die Nacht, so daß man im Abteil keine Hand mehr vor Augen sehen konnte, was dazu führte, daß die Hände zu ganz anderen Unternehmen genutzt wurden. Seltsame, aber flüchtige körperliche Bekanntschaften fanden da statt, an die man sich drei Stationen weiter nur noch wie an einen merkwürdigen Traum erinnerte.

Heute unterwegs im Intercity,, abgeschirmt gegen jede äußere Unbill, isoliert von den Mitreisenden, will meine einstmals trostlose Erfahrung mich fast wehmütig machen. Sie hat sich, wie ich merke, im Laufe der Jahre gewandelt und redet mir heute davon, wie aufregend diese Fahrten doch gewesen sind.

Reisen war, was es nicht mehr ist: ein Abenteuer, freilich ohne damals als eines empfunden worden zu sein. Erst im nachhinein, da die Vergänglichkeit auch vor der Erinnerung nicht haltmacht und sie bearbeitet, tritt solch ein Unterwegssein als eine Art Grimmelshausensches Unternehmen ins Bewußtsein:

Von derartigen Aventüren, als sie noch nicht als solche galten, berichtet uns vor allem die Literatur wie von Ausflügen auf ferne Planeten.

Erkundung fernab

In der Hauptsache sind alle unsere Unternehmungen sinnlos und ganz und gar auf das Uneigentliche gerichtet, auf das überwältigend Unwichtige, indem wir von uns selber absehen und auf etwas hin, von dem wir erwarten, es vermittle uns nachdrücklich, was zu sein wir nicht imstande sind. Soweit die Verallgemeinerung einer konkreten Erfahrung, welche damit begann, daß wir, und wir diesmal wörtlich gemeint, uns im Hafen von Sorrent in den Dampfer nach Capri schoben. Eine in sich verkeilte Menschenmasse, so daß einem der bös-ironische, das Sprichwort umkehrende Satz Joseph Roths über verspätete Emigranten: »Die Ratten betreten das sinkende Schiff« auf der Stelle einfiel. Aber wir sanken nicht, stanken vielmehr dahin, nach Dieselöl und Auspuffgasen, bis zum Hafen der erstrebten Insel, wo wir in kleine Motorbarkassen umgeladen wurden, in veränderter personaler Zusammensetzung, doch nicht ohne erneut gezahlt zu haben: Jede Empirie hat ihren Preis.

Auf schaukelnden Bänken schwankten wir an den abstürzenden Felsen vorbei bis zum Eingang der berühmten Grotte. Dort war schon eine lange Reihe weiterer Barkassen vor uns angelangt, deren Insassen ihrer Ausbootung und des Umsteigens in kleine Ruderboote harrten. Durch merkliche Besorgnis beflügelt, schwang man sich, gehalten und gestützt von den seefahrenden Routiniers des Tourismus, von Bord zu Bord, um dann innerhalb einer wild bewegten Nußschale auf ein winzig klaffendes Loch in der Gesteinswand zugerudert zu werden. Eine schwimmende »Cassa« forderte einen weiteren Obolus, den Wert des Erwarteten weiter zu steigern. Um in das »Naturwunder« zu gelangen, war es jedoch nötig, daß wir uns, die drei, vier Passagiere, um nicht den Schädel von der niedrigen Wölbung des Grottentores eingeschlagen zu bekommen, auf den heftig bewegten Bootsboden zusammenkuschelten. Neben mir lag, fast Wange an Wange mit mir, jedenfalls dicht bei dicht, ein freundlicher Italiener; die Züge, durch Abstandslosigkeit überdeutlich, stark zerfurcht, die Haut porös und sehr dunkel getönt. Ein Mann über Vierzig, dem Aussehen und dem Anzug nach ein Landbewohner, zumindest jemand mit bäuerlicher Vergangenheit und wahrscheinlich proletarischer Gegenwart.

Und obwohl wir derart eng beieinander ruhten, wie man es sonst nur von der eigenen oder einer anderen Frau gewohnt ist, lagen doch nur geduldige Fremdlinge nebeneinander: ein Beispiel hautnaher Beziehungslosigkeit. Jede nähere Kenntnis vom anderen hätte wohl diese unmittelbare Berührung mit falschen Vorzeichen versehen.

Wir glitten in den bläulich fluoreszierenden Schlund der Erde, aus dem man uns nach einer nur wenige Minuten währenden Kreisbahn wieder hinausruderte, ehe wir Genaueres aufgenommen und begriffen hatten. Beim zweiten Mal fiel das Umsteigen schon leichter. Man lächelte, wenn die Blicke sich erneut zufällig trafen, bis wir uns gleich nach der Landung aus den Augen verloren. Nun wäre, pointenartig, der Eingangssatz zu wiederholen, für den der beschriebene Vorgang doch den handfesten Nachweis liefert.

Doch auf einmal bin ich mir des Indizes nicht mehr sicher. Weil die Unterscheidung des Eigentlichen vom Uneigentlichen der Willkür unterliegt. Denn war ich anfangs noch von der absoluten Nichtigkeit der Besichtigungsfahrt als einer reinen Pflichtübung überzeugt, scheint mir jetzt im Erinnern, als sei die unwiderrufliche wie unwiederbringliche Nähe zu einem fremden Menschen notwendig gewesen, die Nähe zu andern Menschen überhaupt erst wahrzunehmen.

Capri

Je weiter in die Zeit zurück, desto unvorstellbarer das Dasein unserer Vorläufer: wie sie da auf dem gleichen Felsen gesessen haben mögen, unter dieser gewaltsamen Sonne, den Blick aufs Meer, im Schatten von schwermütigen düsteren Kiefern, in einer Stille, die unwiederbringlich ist. Nicht ihre Gesten, ihr Aussehen, ihre Posen verweigern sich der mittäglichen und matten Beschwörung, sondern die Art ihrer Wahrnehmung. Leicht nähern wir uns ihren Gestalten über die Zeiten und über die nachgiebige Fläche aus braunen abgefallenen Nadeln. Man muß die eigenen Glieder lockern, sich selber auf den Boden betten und mit den Fingerspitzen den Tuffstein betasten, um schließlich doch nichts von ihnen zu spüren. Sie sind schon zu entfernt und so tief in die Poren des Gesteins eingezogen, daß man sie in keiner Hinsicht mehr erreichen kann. Selbst wenn der Archäologe mit seinem Hammer sorgfältig Brocken um Brokken zerschlüge, um an jene innersten Einschlüsse zu gelangen, wo vielleicht doch noch irgend etwas von ihnen als kaum erkennbares Kondensat bewahrt sein mag, es verdunstete sofort und unerkannt in der Hitze, und es bliebe nichts außer Bergen von Schotter, der in der gleichen Tonart schwiege wie der übrige Fels.

Belfort

Wer nach Belfort kommt oder die Stadt nur als Entree benutzt, sollte nicht versäumen, die kleinen Straßen um den Marktplatz aufzusuchen, weil in einer von ihnen auf wunderliche Weise ein literarisches Monument angelegt ist: Gleich links von einer Bijouterie, deren Besitzer laut Inschrift über dem Schaufenster »Walser« heißt, ragt das Schild einer Papeterie in die Gasse, bemalt mit den Worten: »Von Gunten«. Wer da an Zufall zu glauben vermag, verkennt das heimlich wirkende Gesetz, demzufolge nicht alles Wirklichkeit ist, was wir sehen.

Sinkiang

Auf eine erklärliche, doch deshalb noch längst nicht akzeptable Weise sind Wahrnehmung und Auslöschung des Wahrgenommenen Zwillinge. Was unter dem Schutt und Schutz von Jahrhunderten, gar Jahrtausenden im Status erstarrter einstiger Lebendigkeit geschlafen hat, wird, sobald Tageslicht darauf fällt, zum toten Objekt, zum Mittel der Angleichung von Historie ans aktuelle Bewußtsein. Das Fundstück steht nicht für sich, es dient nur noch einem Zweck, zumindest in den meisten Fällen. Das geheime, ahnungsträchtige Fortdauern verschütteten Daseins verschwindet, vom Spaten des Archäologen enthüllt, mit jedem stratigraphischen Schnitt. Von derartigen Verlusten spricht ein älterer Reisebericht gleichnishaft, da er von einem Besuch in Sinkiang, dem ehemaligen chinesischen Turkestan, berichtet.

Archäologen öffneten eines der zahllosen Höhlenheiligtümer, drangen nach Abbau des verschließenden Steinwalles ins Innere vor, um im Fackelschein in einem Felsengelaß ringsum erstaunliche Wandmalereien zu entdecken. Noch während des aufgeregten Betrachtens aber begannen die Bilder zu verblassen, die Farben nahmen unaufhaltsam den Grauton des steinigen Untergrundes an, und die überall angebrachten fremdartigen Schriftzeichen zersetzten sich im Nu. Bevor noch eine ungefähre kulturhistorische Zuordnung möglich wurde, standen die Gelehrten vor leeren Wänden. Es blieb ihnen nichts anderes übrig, als im nachhinein ihre ersten Eindrücke rekonstruierend auszutauschen, was jedoch kein verwertbares Ergebnis erbrachte. Denn einer hatte etwas ganz anderes an gleicher Stelle gesehen wie sein Kollege, man geriet in Hader über das Erblickte und bestritt sich gegenseitig die Gedächtnisstärke, zuletzt sogar mit kränkenden Worten.

Ich kann mir gut vorstellen, wie sie da, aufgebracht bis zur Handgreiflichkeit, immer entschiedener die eigene Erinnerung als einzig wahre verteidigten, und ebenso kann ich mir denken, daß beim Schildern des Geschauten die nachschöpfende Beschreibung immer mehr von der ursprünglich vorhanden gewesenen Malerei abwich. Kein Zweifel: Der Bericht, wie immer glaubhaft, enthält dennoch eine unumstößliche Tatsache, die wir ungetrost auf uns selber beziehen können: daß auch wir, bloß ohne klares Bewußtsein dieses Umstandes, ständig aus schatzgefüllten Höhlen zurückkehren, deren wirkliche Reichtümer wir niemals zu bergen vermögen.

Ausgrabungsbericht

Nach dem ersten stratigraphischen Schnitt, dem achtsamen Abheben der ersten Erdschicht, zeigten sich die erwarteten Scherben von plump geformten Gefäßen ohne jedes Dekor. Offenkundig war den Herstellern die Töpferscheibe nicht bekannt gewesen. Wenig später fanden sich bereits bronzene Pfeilspitzen, eine Schulterfibel, Bernsteinperlen, kaum von Erdkrumen zu unterscheiden. Es dauerte nicht lange, bis die erste Marmorstatue zutage trat, eindeutig eine Athene, das schmale Gesicht vom mächtigen Helm beschattet, die erhobene Hand zum leeren Griff um einen fehlenden Speer geschlossen, und unter ihrer Fundstelle ein halb zerbrochenes Reliquiar, einem Dom nachgebildet. Arkebusen folgten, ein gegossenes Geschützrohr (sog. »Feldschlange«), auf dem zu lesen war: »Ultima ratio regis«. Die Anzahl der Skelette erwies sich geringer als erwartet. Stark verrostete eiserne Gerätschaften kamen ans Licht, eine umgekehrte beräderte Wanne, die gläsernen Fenster zerbrochen, so daß sich das Innere deutlich preisgab, anscheinend vier Sitzplätze, dazwischen etwelche Hebel und vorn ganz unvermittelt ein senkrecht angebrachtes Rad, sichtlich funktionslos, vielleicht für eine heute unerklärliche Handlung gedacht: keine Spuren einstiger Benutzer, so daß diese rätselhafte untere Schicht zwar als älteste erkannt, nicht aber genauer datiert werden konnte. Im Bewußtsein wechselnder Interpretationen ihrer Fundstücke durch die Archäologie läßt sich annehmen, daß wir auch in diesem Falle mit unterschiedlichen Hypothesen rechnen müssen, ohne daß wir eventuell jemals eine ganz sichere Erklärung erhalten werden.

Von unserer Unnatur

Immer schwerer: Natur zu beschreiben. Einerseits verhindert unser Aufgeklärtsein, daß wir sie noch anthropomorph erfahren, als Dualität unserer wetterwendischen Befindlichkeit, andererseits ist es uns unmöglich geworden, ihr unvoreingenommen gegenüberzutreten, in ihr noch die »Mutter Natur« zu sehen. Wir müßten, falls wir bei diesem familiären Begriff blieben, sie zusätzlich mit dem Namen »Medea« kennzeichnen. Denn sie scheint mörderisch geworden, sobald sie uns berührt. Regen und Schnee lassen sich nicht mehr mit der früheren Naivität betrachten: Das wäßrige Treiben, der Flokkenfall, selbst der Nebel sind Unternehmungen, uns sacht die Lebensgrundlagen zu entziehen. Pflanzen- und Tierarten verschwinden unmerklich, während wir noch blind aus der Fülle des natürlichen Reichtums zu schöpfen meinen. Optisch scheint ja auch kaum etwas verändert: Die Wälder werden schütterer, stiller, die Landschaften unbelebter, oder doch nur belebt von mechanischen Objekten. Dennoch sind wir unsicher geworden. Insgeheim mustert der Blick die organische Umwelt mit Skepsis. Und vor ihren Früchten scheut man schon oftmals schaudernd zurück, um sie letztlich und gegen inneren Widerstand doch zu verzehren.

Eine alles durchdringende Ambivalenz beim Umgang mit unserer stiefmütterlichen Herrin hat sich herausgebildet und ergreift demnächst die Stumpfesten: Selbst solche mißtrauen bereits dem Apfel in der Hand, den sie für ein zeitgenössisches Konzentrat alles Bösen zu halten geneigt sind. Ihnen ist entgangen, daß die Vertreibung aus dem Garten Eden längst auf eine Weise stattgefunden hat, bei welcher man keinen Schritt vor die Pforte zu setzen brauchte. Das überlieferte Bild vom Verlust der Unschuld stimmt auf neue Art: Wer vom Baum der Erkenntnis aß, hat nicht nur physisch erfahren, daß besagte Erkenntnis in der Form von Wissenschaft zur Intoxikation führt, er muß zugleich einsehen, daß er solcher Erkenntnis ohne Gegenwehr ausgeliefert bleibt. Sowenig eine Rückkehr in die Kindheit möglich ist, während welcher man durch Vertrauen zur Mutter geborgen war, so wenig gibt es ein »Zurück zur Natur«, zu ihrer Unverdorbenheit, Wunderfülle und unüberschaubaren Vielfalt, die uns bei Bedarf tröstete und erhob, und mit der wir – geschichtlich gesehen – kurzen Prozeß gemacht haben. Es war dies jedoch ein Prozeß der gnadenlosen Unterwerfung, dem wir zuerst selber erlagen, nach eigenen Regeln und qualreichen Zwängen, und den wir dann auf alles ringsum ausdehnten, befangen in dem suizidalen Irrtum, daß Leben generell sich widerstandslos und folgenlos jeder Deformation füge. Wir haben im Status selbstverhängter Hybris unsere subjektive Anpassungsfähigkeit für ein Naturgesetz gehalten, eines, das auch für die Natur gälte, aber es ist nur Menschengesetz, das keinen milderen Spruch kennt als das Todesurteil.

»Stadtreinigung«

Jedesmal wieder am späten Nachmittag rinnen die Städte aus, verbluten beschleunigt und bleiben wir tot zurück: reglose Monstren. Ein Entströmen nach allen Seiten findet statt: durch die Aorten der Alleen, Chausseen und Straßen. In Gegenrichtung hält die Leere Einzug. Nur ein paar Narren irren noch umher, des Tages Ausklang mit menschlicher Nähe zu begehen. Doch der Blick durch die Scheibe des Supermarktes trifft bloß einige wenige Modelle für Wachsfiguren, an der Kasse hockend, oder geblendet vom Glanz der Waren über den Einkaufskarren gebeugt und dergestalt erstarrt. Mit zunehmender Dämmerung werden die Lampen immer heller. Wie nur etwas strahlt das Innere des Verkaufsgebäudes in die Welt: Zauberschloß aus dem Märchen der Zivilisation, das sich selber zum ungewissen Ende hin erzählt, mit sanften Stimmen aus dem Verborgenen, von Waschmitteln raunend, billigen Schinken preisend, die Zuckerwaren nicht zu vergessen, den Schlußpunkt zu versüßen.

Aus solcher Einsamkeit bricht die gleiche stumme Befürchtung hervor wie ein alltäglicher Überfall, gegen den in Flaschen Abwehrmittel nahe der Kasse auf ihren Einsatz warten. Wer anders sich nicht zu fassen weiß, wählt die Lemming-Lösung, stürzt heim zu buntem Mord und Totschlag, um außer sich zu sein wie jeder andre, der solchermaßen nicht ganz bei sich ist, und überläßt den steinernen Corpus der reinigenden Nacht.

In Mainz

Sich die Rheinterrassen als Schauplatz und zugleich heimlichen Inszenator vorzustellen, fällt einem leicht, sobald man zu früher Stunde und stillem Wetter die endlos gemeinte Betonfläche betritt. Rundum geometrische Gebilde, zur Mißhandlung noch unverstümmelter Seelen bereit. Rache glanzlos ruinierter Architekten. Anders als innerlich eckig und kantig läßt sich hier nicht anwesend sein, und selbst die paar spröden Gedanken, zaghaft sich meldend, zeigen Züge von Rigidität, beinahe Gewalttätigkeit, getrieben von der erstarrten Schmach des rings Errichteten. Morgens also und einsam habe ich befürchtet, hinter meinem dem Kaufzentrum zugewandten Rücken würden die Schaufensterfiguren aus der Fußgängerzone auftauchen, um sich als die wahren Einwohner dieses Distriktes zu erkennen zu geben. Denn tatsächliche Leute, unversehens herverirrt, die Gesichter voller Ratlosigkeit, wirken ganz anders als in ihren Wohnstuben, Kneipen und Schlafzimmern, nämlich seltsam verzögert, fast gebrechlich und vor allem sterblicher als an anderen Stätten. Ja, man sieht ihnen nirgendwo sonst die Sterblichkeit derart nachdrücklich an wie innerhalb dieses geschachtelten Komplexes zwischen dem zum Museumsstück regredierten Dom und dem Rheinufer, zwischen Rheinallee und Innenstadt, wo es auch nicht gerade baulich sanfter zugeht, wo aber dem alles Humane verachtenden Utopia die Verwandlung von lebendig Anwesenden in fragwürdige, eigentlich überflüssige Bestandteile noch Mühe zu bereiten scheint, und wo altertümliche Relikte einer vergessenen Vergangenheit dem Disneyland falsifikatorischer Erinnerungen prächtig restauriert zu Diensten stehen, um durch ihren Gegensatz den Sturz des Engels der Geschichte überdeutlich zu machen.

Widerstand oder Widerstreben

Der Widerstand der Kunst, vor allem der der Literatur gegen die alles und jedes nivellierende Zivilisationswalze wird immer schwieriger und immer schwächer. Wo die einst gegensätzlichsten Dinge, Modernes wie Althergebrachtes, mühselig Überliefertes, von einer geschäftstüchtigen Fee oder einem alten, unsichtbaren Hökerweib auf einen Nenner gebracht werden, wird noch der Einspruch, der Widerspruch der Literatur zu einer Variante im Angebotsspektrum. Und damit ist sie bereits so unnotwendig wie der »kunsthandwerkliche« Ramsch in den immer gleichförmig chaotischen Souvenirläden.

Kein Pläydoyer für Armut, für Selbstbescheidung, für ein Farbverbot. Niemals aber, wie soeben in Mainz, ist mir vordem die Trostlosigkeit aktueller Lebensweise dermaßen deutlich bewußt geworden. Dieser Samstagabend, erfüllt von Scheinleben, von Gestalten, deren glaubhaft wahres Wesen sich zu ihrer Ausstattung verflüchtigt und verfestigt hat: Menschen gehen umher wie bestellt und versetzt, wie herbeigerufen und vergessen. In den Straßencafés vor den Getränken wirken sie fremdartig, und ihr suchender Blick vermißt die daheimliche Tapete, den Fernseher, irgend etwas, woran man sich halten könnte, und sei es nur eine mindere Gewohnheit. Falls mich jemand fragte (was aber nicht zu befürchten ist), was in dieser Gesellschaft das Bedrückendste ist, würde ich auf den beschriebenen Umstand verweisen. Daß, wer existiert, damit etwas erkennbar Überflüssiges betreibt. Daher und daraus der gierige Hang zur öffentlichen Daseinstümelei von Prominenten, weil die stellvertretend noch den Schein von Wichtigkeit und Unersetzlichkeit aufrechterhalten, obwohl auch ihr Fehlen kaum zu bemerken wäre. Jede tiefere, zumindest achtenswertere Bindung an die Realität hat sich aufgelöst. Und Milan Kunderas Romantitel »Die unerträgliche Leichtigkeit des Seins« enthält bereits die ganze, dem Leser das Buch ersparende Weisheit.

Eindrücke

Die Wasser sind trübe geworden von unseren Blicken und behalten ihre Undurchsichtigkeit bei, wo sie auch fließen. Wo du auch gehst und stehst, du bist nur ein vielfältiger Schemen, den seine eigene Uhr regiert wie ein unnachgiebiger Tyrann. Die Wirklichkeit hat sich inzwischen in abgelegene Kammern zurückgezogen, in Kemenaten und Kavernen, und sitzt stumm und leblos am Tisch und grübelt ihrem Verschwinden nach. Sie ist im Exil, verdrängt von lauter Fiktionen, die sich lächelnd auf Tribünen zeigen oder im Fernsehen oder in gekachelten Bordellen, wo selbst das Sperma noch aus Schaumstoff verfertigt wird.

Sie hat sich aus der Welt begeben, unter Hinterlassung einer auffälligen Lückenlosigkeit, da das umfangreiche Angebot der Märkte und Industrien jede entstehende Ritze, jeden Spalt ausfüllt, so daß die Abschottung unserer Existenz erhalten bleibt. Mit etwas Physik speist man uns ab, nachdem wir Gott gänzlich verdaut und ausgeschieden haben. Und für die höheren Bedürfnisse der Seele reicht man uns eine allgemeine und spezielle Relativitätstheorie, mit deren Hilfe wir das ewige Leben zurückgewinnen im gekrümmten Raum, in der begrenzten Unendlichkeit eines Universums, das uns umfängt wie der Käfig die Ratte in einer ewigen Versuchsanordnung.

Pygmäen

Früher wurden sie häufiger und mit größerer Neugier wahrgenommen, doch schon seit längerem haben sie sich aus dem allgemeinen Interesse unauffällig in den bergenden Busch zurückgezogen, die kleinen Leute, deren Spuren man nur noch in vergilbten Unterhaltungsblättern entdeckt. Nackt und zartgliedrig umringen sie dort den oder jenen überdimensional wirkenden Afrikaforscher, der, in Shorts, Hemd und Tropenhelm zwischen ihnen, in die Kamera schmunzelt, als wäre ihm soeben ein einträgliches Geschäft gelungen. Was ja im Grunde auch stimmt – selbst wenn es sich dabei nur um eine geglückte psychische Kompensation handelt. Manchmal sogar hat der Forscher ein Pygmäenmädchen wie eine Puppe auf den Arm genommen, als wolle er sie dem Betrachter anbieten: Hier, bitte, bedienen Sie sich vorstellungsgemäß!

Warum jedoch gegenwärtig die Pygmäen keine Rolle mehr spielen, liegt einfach an der Tatsache, daß wir inzwischen andere Mittel und Maßstäbe zur Erhöhung unseres Selbstwertgefühls entwickelten. Wir brauchen keine Zwerge mehr. Damals, ja, da kam man sich gegenüber einem Pygmäen groß vor, noch größer und somithin großartig. Angesichts einer Person, die einem bis zur Magengrube reichte, entstand ein Überlegenheitsbewußtsein, und zwar ohne die sonst übliche Hilfe von Psychopharmaka oder anderen Stimulantien. Und beschaute man sich gar die niedlichen Frauen mit ihren winzigen Schamteilen und abwärtsweisenden Brüstchen, durfte man sich, Forscher oder nicht, wie ein phallischer Gulliver vorkommen. Ach, und erst die Pygmäenkinder!

Miniaturmenschen, koboldartig, mit einem teils zoologischen, teils märchenhaften Einschlag, geradezu Riesenspielzeug für den zivilisationsgeschwächten Europäer.

Sehr wahrscheinlich wären diverse Kriege zur Hebung unseres nationalen An- und Aussehens sowie zur Verringerung unserer globalen Bedeutungslosigkeit zu vermeiden gewesen, hätten wir uns nur intensiver an den Pygmäen aus- und aufgerichtet und gemessen. Sie hätten als Regulativ unserer aus Minderwertigkeitskomplexen geborenen Gigantomanie enormen Nutzen gebracht. Unsere eigenen ragenden Gestalten, weit aufgereckt über die Köpfe jenes Völkchens, hätten uns ausgereicht. Unser Streben nach Überwindung unseres kosmischen Stäubchenstatus wäre schon durch einen öffentlichen Pygmäen für den täglichen Gebrauch relativiert worden. So leicht und so billig können wir niemals mehr über uns hinauswachsen. Die ungeheuren Kosten zur Herstellung unserer genetisch bedingten Sucht nach Hoheit, körperlicher Extension und Potenz hätten wir uns beizeiten ersparen können, aber nun ist es zu spät: Die Pygmäen sind fort und haben uns unserem kleinkarierten Schicksal gnadenlos überlassen.

Wir Chinesen

Im alten China vor der Revolution des Dr. Sunyatsen galt als besonders schön und anziehend der Gang jener Frauen, denen man von Kindheit an die Füße verkrüppelt hatte. Solche Attraktionen zu akzeptieren, geschweige denn, Gefallen daran zu finden, dürfte uns unmöglich sein. Weil unser Bewußtsein, seiner Unschuld längst beraubt und übermäßig aufgeklärt, bei einem derartigen Anblick vor allem den verurteilenswerten Anlaß der Mißbildung und das Leiden der Betroffenen vor Augen hätte und weniger das ungewöhnliche Dahingetrippel selber. Geschult, hinter der Erscheinung nach der Ursache zu forschen, nehmen wir häufig das Phänomen an sich kaum noch wahr, oder doch nur als Beleg für unser von vornherein feststehendes Urteil. Daher stammt unsere unausrottbare Überheblichkeit und unsere göttliche Ignoranz. Denn die verkrüppelten Füße der Chinesin erweisen sich als unerkanntes Beispiel für anderes, das als Selbstverständlichkeit hinzunehmen wir gewohnt sind, so daß wir es nicht einmal mehr bemerken. Angesichts des Fraglosen stellen wir keine Fragen. Obschon es nahelāge, das Widernatürliche, Ursache des außergewöhnlichen Reizes, als grundsätzliche Notwendigkeit einzusehen, die allem Schönen und Außerordentlichen zugrunde liegt. Was wir Harmonie und Maß nennen, Ausgewogenheit, »Goldenen Schnitt«, formales Gelingen, Kunst mit einem Wort, ist in Wahrheit nichts weiter als subtile Deformation. Sogar eine doppelte: die unmittelbare psychische des Künstlers wie die aufgrund dieses Defektes deformierte Wirklichkeit im Werk. Unleugbar, daß allein der seelisch Verunstaltete befähigt ist, seinerseits die Realität verunstaltend zu duplizieren, und zwar dahingehend, daß ihr innerstes Wesen, ihre innere Antinomie, ausgeklammert bleibt und sie, die Wirklichkeit, in einer Gangart vorgeführt wird, die ihr nicht angeboren ist.

Das Trivialgeschwätz von der »Lüge der Kunst« hat diesen Umstand eher begriffen als der »berufene« Interpret. Es ist ein grundsätzlicher Irrtum, anzunehmen, der Künstler schildere die Wirklichkeit, als habe er sie nicht vorher auf dem Streckbett einer individuellen Folter dazu veranlaßt, all jene Geständnisse zu machen, von deren Aufrichtigkeit wir überzeugt sind. Übrigens der Folterknecht ebenfalls.

Erst wenn die Arme, dressiert durch eine spezifische Sprache, durch willkürliche Reduktion, durch emotionale Verkennung verkümmert, auf besondere Weise dahertänzelt, sind wir überhaupt imstande, ihre Erscheinung für »wahr« zu halten. Unsere persönliche Verstümmeltheit, die von dem denkbaren und wünschbaren Wesen, das wir hätten sein sollen, übrigblieb, reagiert freudig auf das Gleichartige der Kunst. Was immer wir da lesen oder betrachten oder an uns vorbeilaufen sehen, es ist stets dieselbe kleine Chinesin, und was variiert, ist ihre Frisur, ihr Kostüm, ihr schmerzlich-spießgesellenhaftes Lächeln.

Böser Zauber

Sprache sitzt einem locker auf der Zunge und führt uns zugleich an der Nase herum, als sei sie doppelter Unnatur. Ein Janus, den wir als Sklaven halten, ohne zu merken, wie er uns tyrannisiert. Seine Worte umschlingen uns schlangenartig, jedermann sein eigener Laokoon, so daß man sie heftig verwünscht, ahnungslos, daß man sich dabei selber im Zustand des Verwunschenseins befindet. Kaum versuchen wir angestrengt, irgend solcher Wörter habhaft zu werden, sie zu begreifen, verlieren sie sofort ihre bisherige scheinbare Eindeutigkeit. Kaum daß wir »verwünscht« und »verwunschen« hinschrieben, kommen sie uns wie Zwillinge siamesischer Provenienz vor, doch bei genauerem Anschauen zeigen sie sich als einander feindliche Brüder, die unsere Buchstäblichkeit voreilig zusammengekettet hat. Behauptet doch die Verwünschung von sich, eine spezifische Abart der Verfluchung zu sein, da, wer verwünscht wird, der Verwandlung, meist in ein Tier, anheimfällt. Hingegen lächelt uns Verwunschensein still und introvertiert zu, weil es in der Natur siedelt, idyllisch, geradezu romantisch wirkt, weltfern und uns mit zartem Schauder anheimelt. Verwunschensein bedeutet: Unberührtsein. Dort drüben der Wald vor meinem Fenster gibt sich verwunschen, täuscht vor, er enthalte Märchenhaftes, das *ver*borgen sowohl wie *ge*borgen in seinem Dunkel ruht: im Stadium andauernder Latenz. Falls der Wald jedoch verwünscht sein sollte, meide ich ihn besser, der in ihm brütenden bedrohlichen Mächte halber. So verbindet beide Worte die Potentialität des Zustandes, auf den sie sich beziehen, auch wenn dieser aufgespalten ist: Der

Verwünschte erlitt eine bösartige Metamorphose und jagt als Werwolf durch die Nacht, der Verwunschene verharrt dagegen in Wartestellung einer künftigen Erlösung, für die er immerhin eine Garantie besitzt, denn irgendwann einmal ist jeder Jahrhundertschlaf vorüber, dann tritt der Verwunschene ungealtert aus dem Berg hervor und unter die staunende Nachwelt, die zu erleben ihm sein Geschick nun gestattet. Nur eine kleine Komplikation steht ihm bevor und seinem Glück im Wege: den andern auch mitteilen zu können, was ihm da wirklich und wahrhaftig widerfahren ist. Dazu aber bedürfte es der Titanentat, dem Sprachkerker zu entkommen. Falls das nicht gelingt, erwartet den scheinbar Befreiten, daß ihn durch das lauschende und nichts kapierende Publikum nun doch noch die Verwünschung ereilt.

Freiheit

An sie vermochten wir noch zu glauben, als wir von der Festkörperphysik nichts wußten und nichts vom Magnetfeld der Erde, das, wie zu keinem anderen Zweck mitgeteilt, uns dauerhaft niederhält. Freiheit besaß die Gestalt eines Engels, der manchmal über unser Dach flatterte und nach einem Landeplatz zu suchen schien, und dem wir freudig zuwinkten: Hierher! Hier sind wir! Hier bitte landen! Aber je tiefer er sank, desto deutlicher wurde, daß es sich nur um einen verirrten Drachenflieger handelte.

Auch die Worte, mit denen man nach ihr gerufen, erwiesen sich auf der Zunge als das Zellophan der Verpakkung, die man statt des Inhaltes in den Mund genommen hatte. Aber wo war der Inhalt geblieben? Einem selber wurde ja morgens vom Spiegel nicht das eigene Bild zurückgegeben wie erwartet, sondern das Aussehen eines sozial bedingten, juristisch definierten Subjekts, das man nicht wiedererkannte. Doch wenn man unter dem Waschbecken nachsah, um den zu finden, der man schien, entdeckte man nichts. Vordem in den Pandekten hatten wir uns der Freiheit und unserer Sehnsucht nach ihr versichert. Schlug man jetzt die Seiten auf, erblickte man bloß Schnittmusterbögen, nach denen man sich eine Jacke wie Hose schneidern durfte. Die Neurotransmitter im Kopf, die wußten, daß sie den ersten Rang einnahmen, lehnten es ab, ihr den ihren einzuräumen. Und der genetische Code verweigerte überhaupt jede Kenntnisnahme von ihrer Existenz, von welcher ein immer wieder einmal vorüberziehender Schatten kündete, der sich inzwischen jedoch als solcher genau erklären läßt.

In diesem mystischen Dunkel

»Verfügen Sie über mich!« – sagt man das nun gern und hingebungsvoll oder devot und resignativ? Eine altertümliche Wendung aus jener Zeit, da es noch die Verfügungsgewalt des einen über den anderen gab: also eine ganz und gar heutige. Anrüchiger und fast protzend klingt dagegen die Variante des gleichen Gedankens: »Ich stehe zu Ihrer Verfügung!«, wobei unklar ist, ob diese Formel dem militärischen oder dem sexual-pathologischen Bereich entstammt oder vielleicht einer Verbindung beider, deren Affinität füreinander nur zu bekannt ist. Wer jedenfalls so spricht, gibt sich als Objekt in die Hand des anderen, daß der über ihn verfüge: nach Gutdünken. Wobei das »Gutdünken« meist schlechte Absichten und verheerendes Wollen tarnt. Unsere Sprache, die wir lernen, um lügen zu können, verrät dennoch, wie es in Wahrheit um den Sprechenden bestellt ist: wie es um ihn *steht* – was sich ja eindeutig auf seine Potenz bezieht, deren Wert oder Unwert insgeheim das archaische Kriterium für die jeweilige Position hergibt: unterlegen zu sein oder dominant. Solchermaßen gestehen wir beiläufig Intimitäten ein, sobald wir nur die allergängigsten Phrasen zu benutzen scheinen.

Engelszungenlos

Auffällig seit langem, daß die Sprache auch im Alltag ständig unpersönlicher wird. Heute redet sogar schon der Klempner im Fachidiom, als habe er über Wesen und Verhalten jener Flüssigkeit promoviert, die wir Laien ungeschulterweise »Wasser« nennen. Und wenn dann noch, wie am letzten Sonntagmorgen im Rundfunk, der Hafenmeister des Hamburger Hafens sich vernehmen läßt, über Volumen und Aufkommen, Effizienz und Durchschnitt in einer unverständlichen, völlig substantivierten Sprache, in welcher nur hier und da ein verlegenes Hilfsverb sich schüchtern bemerkbar macht – da hört man zugleich überdeutlich, wie es um unsere Position in der Welt bestellt ist. Die Sprache wird verhunzt, aber um keinen Deut präziser. Ihre Objektivität ist Vortäuschung, indem das redende Subjekt mit gängigen sprachlichen Fertigteilen hantiert, ohne doch fähig zu sein, das, was wie von selber aus dem Munde herauskollert, mit Leben, mit Eigenleben zu erfüllen: Wie jemand ein ihm nicht genau bekanntes, geliehenes Gerät zu bedienen sucht, ohne dazu recht in der Lage zu sein, genauso wirken häufig viele, die sich zum Reden veranlaßt fühlen. Doch statt allgemeiner Heiterkeit über solche Äquilibristik herrscht tiefernstes Einverständnis vor: als gäbe da einer Gottes Wort von sich. Die zur Verfügung stehende Sprache, terminologisch angereichert aus allen möglichen Fach-und Sachgebieten, erhält eben dadurch den Schein letztgültiger Wahrhaftigkeit. Und just darum wird diese entpersönlichte Sprache, da sie abgelöst vom Individuum existiert, sowohl autonom wie autoritär. Ihr Wortschatz, aufgefüllt aus den olympischen Regionen der Natur- und Geisteswissenschaften, kündet aber nicht von Reichtum, sondern von Rigidität, Starre, Leblosigkeit. Alles in ihr Geäußerte ist dermaßen vorbestimmt, daß der Dialog, der Diskurs als ein Entwicklungsgang zur Synthese gar nicht stattfinden kann, da das Vokabular seinen eigenen synthetischen Ballast mitschleppt. Frage und Antwort, weil in den gleichen Formen und Formeln sich ergehend, verlieren ihren individuellen Nutzen. Übrig bleiben kommunizierende Sprachröhren. Vor diesen aber steht der einzelne, der sich eine eigene Redeweise erhalten hat, im wahrsten Wortsinne *dumm da*.

Solange man redet, lebt man

Heute sehe ich ein: Die wahre Ursache für ein Grundphänomen, das dich und mich und uns verbindet, habe ich immer verkannt. Früher schien mir, wir sprächen unmittelbar miteinander, gleich wo, gleich wer mit wem, um der Mitteilung willen. Nun aber weiß ich, wozu das Sprechen wirklich dient, und daß der Ausdruck »Redseligkeit« stets falsch, nämlich abwertend, gebraucht wird. Denn das Miteinanderreden ist unabhängig vom Inhalt des Gesagten, sogar unabhängig von jedem gegenseitigen Verständnis; es gleicht einem kanonartigen Chorus, bei dem jeder aufs aufmerksamste den eigenen Einsatz beachtet, im Gehör die eigene Intonation – das verhilft dem Sprechenden zur Gewißheit seines Existierens. Bei oratorisch besonders begabten Personen, die nur schwer ein Ende ihres Redens zu finden vermögen, wird das ganz deutlich: Ihre Mimik, die Expressivität einer gesteigerten Belebtheit, die unerwartete Gestikulation sonst unbeholfener, starrer Körper zeigt an, daß sie sich aus dem Sumpf des gewohnten Stilleseins am Zopf ihrer eigenen Worte ziehen, ein schier endloses Rettungsseil, das sie nicht loslassen können, ohne in die erstickenden Senken eines geminderten Daseinsgefühls zurückzugleiten. Ein Moment, den sie fürchten, und der doch immer näher rückt und ihre Sätze schließlich fahrig werden läßt. Einmal muß der Mund sich schließen; die Zunge ruht in ihrer Höhle, wie eingesperrt für lebenslänglich. Und dem erneut zum Schweigen Verurteilten steht das Unglück seines zwangsläufigen Verstummens unübersehbar im Gesicht.

Eine Art Mitleiden

Seit langem wollte ich immer über einen wenig bekannten, fast namenlosen Autor schreiben, über einen von jenen, deren Talent nicht ausgereicht hat oder nicht ihre Kraft; deren Lebensumstände sie an der Vollendung, an wirklichen bedeutsamen Arbeiten hinderten. Solch Schicksal, ob selbstverschuldet oder gesellschaftsbedingt ruiniert, hat mich oftmals derart stark berührt, daß ich meinte, sogar Tränen vergießen zu müssen, obwohl ich doch gar keine feststehende, faktisch existierende Figur dabei bedachte. Eigenartig: Ich habe auf Menschen zurückgeblickt, die ich gar nicht kannte, ja, von denen etwas zu lesen ich wahrscheinlich vermieden haben würde. Dennoch hat mich ihr Leiden, ihr vermutlich berechtigtes Verkanntsein belastet, als trüge ich dafür die Verantwortung. Zu fürchten steht jedenfalls, daß sich in mein Mitgefühl, dem ursprünglichen Mechanismus gemäß, eine gehörige Portion Überlegenheit, wenn nicht sogar Hochmut gemischt hat, von dem zu wissen übrigens dazu führt, daß das daraus resultierende »schlechte Gewissen« das Mitleid noch verstärkt. Mit den Gescheiterten, Zukurzgekommenen mitzufühlen, gelingt nur, sobald man sich auf peinliche Weise über sie erhebt. Die Mitleidsvorbedingung ist eine überlegene Position. Mitleid erzeugt einen verheimlichten Genuß, dessen wir uns schämen und von dem der Bemitleidete nichts ahnt. Er selber nämlich, den wir ungesehen tätscheln, wobei wir die eigene Seele streicheln, wird durch die Überzeugung geschützt, zu Unrecht verkannt zu sein, ein Opfer undurchschaubarer Intrigen, welche sich gegen seine Leistungen richten, die er persönlich zu seinem Glück niemals kritisch anzweifelt.

»Geheimdienst«

Nach Monaten und in einem Augenblick, während dem rundum nichts erkennbar die entsprechende Assoziation auszulösen nahelag, fiel mir regelrecht abrupt ein, es wäre besser gewesen, in einem Gedicht statt des Wortes »Trotzdem« das Wort »Dennoch« zu verwenden. Nun war es zu spät, die Korrekturfahnen längst abgegeben, das Buch im Druck. Es damit bewenden lassen, das eigentlich mindere Unabänderliche wie so vieles auch größere Unabänderliche einfach vergessen. Dies würde ohnehin von selber geschehen, irgendwann, so, wie von selber, obgleich verspätet, das korrigierende, »richtige« Wort sich eingestellt hatte.

Aber während das Vergessen als natürlich und nicht der Rede wert erscheint, hakt sich die Frage fest, wieso die nicht gesuchte Präposition auftauchte, noch dazu, da kein Nachdenken sie dazu angeregt haben könnte. Ein »Dennoch« aus heiterem Himmel, aus untätigem Hirn, und doch den Gedanken nahelegend, daß so leer oder so beschäftigungslos es niemals sei, obgleich es den Anschein erweckt. Unterhalb des Bewußtseins muß ja etwas Wichtiges vorgegangen sein – Arbeit sogar, denn in der noch nicht einmal als solche wahrgenommenen Finsternis hirnlicher Partien ist über längere Zeit hinweg Kritik an einem Ausdruck geübt worden, bis sich ein treffenderer einfand: Ganz im geheimen ist mir da ein Dienst geleistet worden, den ich weder zu belohnen noch mit Dank anzunehmen vermag, an dem ich nur herumrätseln kann, ungewiß, ob mir nicht auch schon der gegensätzliche erwiesen worden ist.

Notizzettel

Gerhart Hauptmann schrieb seine nächtlichen Einfälle auf die Schlafzimmertapete an seinem Bett. Wahrscheinlich entstand mit der Zeit auf dem gedruckten Muster des Papiers ein zweites, handgefertigtes, in welchem sich, wie ich mir denke, der Dichter eines Tages nicht mehr zurechtfand. Andere Autoren, auch ich, benutzen Zettel, um zu notieren, was der Zufall und eine unerwartete Konstellation der »kleinen grauen Zellen« ihnen beschert. Aber, und dieses Aber ist ein schwerwiegendes, häufig geschieht, daß diese Notizen bis zum nächsten Morgen und bis zum Wiederlesen eine seltsame Verwandlung erleiden. Was am vorigen Abend die glänzende Idee für ein Gedicht zu sein schien, was wie die endliche Lösung für ein lange ergebnislos durchdachtes Schreib-Problem aussah, entpuppt sich im nüchternen Licht des gerade anhebenden Alltags als schwächliche Fehlgeburt, gar als ein Wechselbalg.

Kopfschüttelnd liest man die Worte vom Vorabend, in denen sich noch vor wenigen Stunden etwas kristallisierte, das einer Erleuchtung gleichkam: Klarheit und Präzision, unterstützt von Freude, der Begleiterin sich regender Kreativität, führten den Stift über das Blatt, auf dem die Schriftzüge sich nun verkehrt haben: Was mag da wohl geschehen sein?

Im Zustand geminderter Wachheit verwischt sich die sonst schwer befestigte Grenze zwischen Banalem und Grandiosem: Letzteres, stets von großer Einfachheit, haust ohnehin Wand an Wand mit der Trivialität, zu der es heimliche Beziehungen unterhält – wie es unter Erbfeinden üblich ist. Obwohl die Kunst- und Literaturwissenschaftler solche illegalen Beziehungen zu leugnen suchen. Aber die einstmals als bedeutend eingestuften Werke, aus denen nur noch die unerträgliche Platitüde zu uns spricht, kennzeichnen die Verwandtschaft der vorgeblichen Extreme. Solche Einsicht beginnt, wenn der Funke der Zeitgenossenschaft verglommen ist und die emotionale Übereinstimmung mit dem Werk durch den Wechsel der Generationen und ihrer Erfahrungen aufgehört hat. Ähnliches begibt sich in einer Nußschalen-Dimension auch für den Autor mit seiner Notiz: Von dem plötzlichen Zusammenklang von Einfall und Empfinden überwältigt, glaubt er, einen genialen Fund gemacht zu haben, doch da die Empfindung sowenig vorhält wie der von geminderter intellektueller Kontrolle bestimmte Zustand und außerdem die stimmungslose Frühe den kritischen, auch den selbstkritischen Sinn fördert, erweist sich die emphatisch hingekritzelte Notiz als unbrauchbares Gestammel, dessen sich, wie nun ins andere Extrem verfallend der Autor meint, sogar der Papierkorb zu schämen hätte.

Der Fensterblick

Der Blick aus den Fenstern meines Hauses ist weniger häufig der Blick aus dem Schlafzimmerfenster morgens nach dem Aufwachen, abends beim Schlafengehen: In der Ferne zeigt sich der Ausschnitt einer Bundesstraßenkurve, die als »unfallträchtig« bei den Einheimischen bekannt ist. Eine opferreiche Strecke. Man kann damit rechnen, einige Male im Jahr ein rotierendes Blaulicht dort im Hintergrund wahrzunehmen und anderntags in der Zeitung den Nachruf zu lesen. In der Hauptsache aber ist mein Fensterblick der aus meinem Arbeitszimmer, auf eine ab Frühjahr grüne Wand, die mir freundlicherweise die neue Autobahnstrecke verbirgt, die zirka zwei Kilometer parallel zur Längsseite meines Gartens angelegt worden ist, vermutlich ohne eine besondere Absicht damit zu verbinden.

Jeder Blick, sobald ich den Kopf von der Schreibmaschine hebe, macht mir, ob ich nun will oder nicht, einen Unterschied, ja, einen unüberwindlichen Widerspruch klar: den zwischen Welt und Umwelt, wenn ich letztere als mein Ambiente betrachte. So frage ich mich angesichts meiner zumindest äußerlichen Dornröschenlage, warum ich eigentlich nicht fassungsloser auf den krassen Gegensatz zwischen sichtbarer Umgebung und globalem Zustand reagiere. Denn die Friedlichkeit der einen wie die Schrecknisse des anderen weigern sich, zueinander zu passen. Die Natur will mir durch einen Schirm von Bäumen und Hecken, Büschen, Sträuchern, Pflanzen, Blumen einreden, es stehe um sie keineswegs so schlimm, wie ich denke. Es gelingt ihr jedoch nicht, mich durch ihren Anblick von ihrer Unwandelbarkeit zu überzeugen. Im Gegenteil: Gerade durch das, was sie mir vor Augen stellt, um mich zu trösten, zu erfreuen, zu beruhigen, bin ich eher beunruhigt, geängstigt, besorgt. Sie wirkt wie eine Kulisse, die jederzeit weggezogen werden kann, um einen toten Planeten zu enthüllen. Daß die Blätter im Frühling wiederkommen, ist fast schon ein Wunder, mit dem man gar nicht mehr gerechnet hat.

»Sie haben ja hier ein kleines Paradies!« meinen manchmal Besucher, nachdem sie durch meinen Garten gegangen sind – worauf ich nicht mit Besitzerstolz diesen Ausdruck von Bewunderung oder Neid quittiere, vielmehr mit einem unausgesprochenen Unbehagen, das sich der Tatsache bewußt ist: aus Paradiesen werde man gewöhnlich vertrieben. Und ich frage mich sogar, ob diese Vertreibung – im übertragenen Sinne – nicht bereits stattgefunden hat, da die Freude am Grünen und Blühen von dem Wissen um die ökologische Gefahr wahrlich untergraben wird. Ich verspüre gewiß Vergnügen, wenn ich dem Fasan zuschaue, und wie er mit seinen Hennen ungeniert über den Rasen spaziert, aber ich bange auch um diese seltsamen Geschöpfe, die, unaufgeklärt über unsere Zivilisation, gemächlich die Straße vor meinem Haus überqueren. Wenn ich auf das Wachstum blicke, auf die der Landschaft unabdingbar zugehörigen Wolken oder in die klare, zeitweilig gar italienische Bläue, dann sehe ich häufig genug schwarz, und die Abwendung vom Fenster zum »Fenster der Welt«, zum Fernseher hin, führt zu keinen anderen Überlegungen als: Wann sind wir an der Reihe? Wie viele Katastrophen sind denn noch nötig, damit auch in dieser abgelegenen nördlichen Ecke Deutschlands die Vernichtung ihr Werk tut?

Daß ich mit derlei Vorstellungen, sobald ich sie äußere, allen möglichen Leuten auf die Nerven falle, ist mir gewiß. Doch ich kann mich nicht blind stellen, nicht taub und stumm schon gar nicht. Daß die Obsession zunimmt, rührt wahrscheinlich daher, daß ich diesem Schleswig-Holstein mehr zugeneigt bin, als ich es je ahnen konnte, da ich vor rund zwölf Jahren hierherzog. Nein, nein, keine Sorge: Ich schreibe keine Liebeserklärung, ich rede nur von Augenblicken, Aussichten, einesteils wörtlich, andererseits bildlich gemeint, die jedoch beide in dem einen Wort verklammert als unvereinbare Kontraste aufscheinen. Ja, es mag sein, daß es wirklich die sich verfinsternde Zukunftsperspektive ist, die dem Anblick des gegenwärtig noch Vorhandenen einen besonderen Glanz verleiht, der ohne die aktuelle Bedrohung vielleicht so besonders kaum sein könnte.

Insofern bin ich, obschon an einem insularen Flecken und inmitten von Feldern und geringfügigen Forsten anwesend, in einer noch wenig zersiedelten Gegend dennoch in einem Maße den apokalyptischen Verhältnissen jenseits meines Gartenzaunes emotional ausgesetzt, wie man es in einer Großstadt, abgestumpft durch Gewöhnung, Hektik und alltäglichen Horror, wohl doch nicht wäre. Ambivalenz heißt das Schlüsselwort. Ambivalenz als Ergebnis meiner Fensterblicke. Ambivalenz als »Frucht« meiner konkreten wie abstrakten Betrachtungen. Freilich: Der Umgang mit solcher Ambivalenz erzeugt auch so etwas wie den Antrieb, sie zu bewältigen – und zwar auf die mir einzig mögliche Weise: durch Schreiben.

Daheimsein

Wenn uns nichts hinauszieht auf die Straße, in die Landschaft, irgendwohin, und die Natur durch ihre sogenannten Erscheinungen unseren Aufenthaltsort, das Haus, die Wohnung, das Zimmer, zur Schutzhülle verwandelt, sind wir »angeheimelt«. Sturmböen treiben Regengüsse an die Scheiben, das Draußen verzerrend. Schnee wirbelt in dicken, dichten Flocken vor unseren Augen ins Bodenlose. Düsternis, Katastrophenstimmung, von der man dank fester Mauern separiert bleibt. Falls man, am Stadtrand hausend, Tiere in dem wilden Treiben entdeckt, aufflatternde Vögel, Wildkaninchen, vielleicht gar Rehe, dann fragt man sich, wie diese Geschöpfe die Wetterpein ertragen und überstehen. Eine Frage, die, klarer als manche andere, unsere Naturferne kenntlich macht. Ungewöhnlich bereits die Vorstellung, Leben im Freien sei etwas Normales, sei es immer gewesen, und der Rückzug des Menschen in schirmende Bauten Zeichen von Dekadenz: nämlich Flucht aus der Natur vor der Natur, welche durch Abtrennung, »Abgeschiedenheit«, zum fremden Gegenüber wird.

In unsere Gegenwart ist die extreme Distanz erreicht: In unseren Räumen leben wir in unauffällig regulierter Temperatur, was uns unseren Körper vergessen läßt, da er nicht mehr auf Klimaschwankungen reagiert, weder friert noch schwitzt. So nimmt die konkrete leibliche Fühlfähigkeit ab und wird durch der Anästhesie Analoges ersetzt – vermutlich eine der Voraussetzungen für unser Roboterdasein. Daheim in uns selber durch jenes unerwartete Behagen, das ja zum Daheimsein gehört, sind wir nur, wenn das »schlechte« Wetter ausgeschlossen ist und uns nicht mehr erreicht, wodurch es nebenbei noch die Qualität einer Fernsehsendung animmt. Das Wohlbefinden beim Blick durch das übersprühte Fensterglas stammt aus einer äußerst fragwürdigen Sicherheit gegenüber äußerer Unbill, von der jeder gemütlich Daheimseiende glaubt, sie niemals wirklich ertragen zu müssen. Daher meinen wir aus einer falschen Annahme heraus, die Künste hätten uns kultiviert, und unsere Hofmeister hießen Raffael, Dante, Beethoven und Goethe statt Aircondition, Boiler, Heizungsventil und Therme.

Familienmitglieder

Die Menge der Bücher über Katzen ist wahrscheinlich schon unübersehbar, und doch scheint keines davon überflüssig zu sein. Ein Phänomen, das sich nur der nicht erklären kann, der sich selber für die »Krone der Schöpfung« und die Katze für ein beiläufiges Erzeugnis der Natur hält. Was für eine Ahnungslosigkeit!

Aus den Publikationen geht immerhin eindeutig hervor, welche Bedeutung die Katze in bezug zur Existenz des Menschen hatte und hat. Sie erscheint in Bild und Wort unter vielseitigen Aspekten, zum Beispiel als, ironisch gemeint, »berufstätiges Individuum« (»Beruf: Katze«) oder als Objekt der Psychoanalyse, da Katzen von Neurosen und Psychosen befallen sein können wie ihre Besitzer. Sie taucht als Gegenstand kulturhistorischer Forschung auf und als Modell der Bildenden Kunst durch die Jahrhunderte. Die Historie der Katze ist eine Geschichte der Symbiose zwischen ihr und uns. Sie hat sich unauffällig in Bereiche eingeschlichen, die vordem ausschließliche Domäne des Menschen waren. Ein Vorgang, der sowohl bemerkenswert wie bezeichnend ist, weil darin nicht allein das Wesen der Katze sich widerspiegelt, sondern vor allem und unübersehbar das Wesen des Menschen, welches dem der Katze in vielfacher Hinsicht nachzustehen scheint, wenn diesem nicht sogar unterlegen ist. Klarer gesagt: Der Mensch braucht die Katze, sie aber nicht unbedingt ihn.

Ein Signal: Die unaufhaltsam wachsende Katzenpopulation innerhalb der Industriegesellschaften, über eine Million allein in der Bundesrepublik, beweist, wie sehr der Mensch ihrer bedarf: Als ein Stück vom verlorenen Paradies.

Noch vor einem Jahrhundert waren Katzen in Städten und vor allem auf dem Lande rein professionell beschäftigt: Als unbezahlte Kammerjäger, als billige Ratten- und Mäusefänger, die den Schädlingsbestand in Grenzen hielten. Als »Spieltier« war die Katze den Kindern vorbehalten, und die Neigung eines Erwachsenen zu einer Katze mochte in den Augen seiner Mitmenschen skurril, gar unnormal wirken. In der einst vermeintlich »heilen« Welt war man intensiver aufeinander bezogen, bewegte man sich im Zirkel der Familie, und darüber hinaus gar in Rahmen der »Family of Man«, zu der Tiere nicht gehörten – noch nicht. Bis der Mensch, jenes unbekannte Wesen, anfing, sich selber zu entdecken und bei dieser Reise ins eigene Ich außer seiner Unschuld auch die übrigen verwandtschaftlichen Bindungen in starkem Maße einbüßte. Die äußerst unerfreulichen Kenntnisse über die eigene Person, eine Folge der Aufklärung, führten dazu, daß man dieses peinliche Wissen auf alle anderen projizierte.

Plötzlich stand der Mensch, erfüllt vom Bewußtsein seiner unaufhebbaren Fragwürdigkeit und Unzuverlässigkeit, inmitten gleichgearteter Gestalten, denen man so zu mißtrauen hatte wie sich selbst. In diesem sozial-geschichtlichen Moment wurde der banale Wahlspruch »Seit ich die Menschen kenne, liebe ich die Tiere« nicht nur zum Verkaufsschlager von Heimdekorherstellern, sondern tatsächlich zur Richtschnur vieler Leute. Zur monadischen Existenz verurteilt und unerwartet seelisch verarmt, blickte sich der Mensch hilfesuchend um, und siehe – da saß vor ihm eine Katze und schaute ihn zutraulich an. Bis dato wenig beachtet und meist sogar ignoriert, hauste in seinem mehr oder minder bürgerlichen Dasein ein Geschöpf, das ihm, dem Menschen, durch Gebärden und Laute eine erstaunliche Zuneigung bekundete. Eine Zuneigung, die der Mensch für seinesgleichen kaum mehr aufzubringen vermochte oder auch gar nicht mehr aufzubringen wagte, aus Angst vor Enttäuschung. Und weil er sich auf einmal derart unerwartet geliebt sah, überkam ihn Rührung, und er erwiderte Gleiches mit Gleichem. Denn: Wir wollen alle geliebt werden, nicht gehaßt, verachtet oder einfach übersehen. Unser nur allzumenschliches Verlangen geht darauf aus, Beachtung zu finden und nicht kalte Gleichgültigkeit. Daher ist es ganz selbstverständlich, daß wir zu unserem Liebling denjenigen machen, der uns »um unserer selbst willen« mag. Wo sonst erführen wir eine Zuneigung ohne Voraussetzung, ohne Arglist, ohne Berechnung und ohne Absichten? Daß uns da etwas gern hat, ohne nach unseren charakterlichen Qualitäten zu fragen, die ja auch kaum Anlaß für Sympathie böten, nimmt uns rettungslos gefangen. Selbst der moralische Lump, die rücksichtslose Megäre, der potentielle Betrüger und der verschlagene Mörder, die gewissen- und herzlosesten Typen empfangen dankbar die unerschütterliche und unwandelbare Liebe und Treue ihrer Tiere, die ihnen, hätten die Tiere auch nur die allergeringste Ahnung vom Menschen, gar nicht zustünde und ihnen nie zuteil würde.

Wie auch immer der Entwicklungsgang verlaufen sein mag: Die Katze ist vom Menschen adoptiert und zum Familienangehörigen ernannt worden. Zu einem Familienangehörigen, der manchmal besser behandelt wird als der von eigenem Fleisch und Blut. Aber die Katze dankt es auch ihren neuen Verwandten, was man von denen aus dem Humanbereich nicht immer sagen kann. Und diesen ihren Dank stattet sie auf einfachste Weise ab, indem sie nämlich nichts anderes tut als das, was ihre Natur ist. Vor allen Dingen: Sie ist stets anwesend, immer »griffbereit«, streichelempfänglich, spielfreudig, zärtlich, hingebungsvoll und begabt mit einer ungeteilten Aufmerksamkeit für unser Tun – zumindest solange es sie interessiert. Wenn ich schreibe, ist sie bemüht, mit der Pfote Einfluß auf den über das Papier gleitenden Stift zu nehmen, als wolle sie sich am Text beteiligen, ihres dazu beitragen, wenigstens in ungewöhnlichen Ausprägungen der Handschrift sich zu verewigen. Die aufspringenden Typenhebel der Schreibmaschine tanzen nur zu ihrer Unterhaltung, bis der mechanische Vorgang sie zu langweilen beginnt und eine andere Unterhaltung gesucht werden muß. Eine spezifische Art der Mitarbeit bei Autoren besteht darin, daß die Katze, ehe noch das literarische Werk entstehen kann, mitten auf dem Schreibtisch und auf dem leeren, nicht gerade auf sie wartenden Bogen Platz nimmt und einschläft: Eine Okkupation, wie ich von manchen katzenhörigen Autoren vernommen habe, die es nie übers Herz brachten, die Schläferin von dem Blatt zu entfernen, so daß vermutlich zahllose Gedichte, Geschichten und Artikel ungeschrieben blieben. Ein Beispiel dafür, was man Katzen alles verdankt.

Partiell bestehen wir für die Katze aus unbedingt jagdbaren Bestandteilen, so etwa, wenn man versehentlich den großen Zeh nicht unter der Bettdecke geborgen hat: er ähnelt in ihrer Perspektive einer haarlosen Maus, die sich zu weit in Krallennähe vorwagt: Solcher Leichtsinn muß bestraft werden, und wehe, wir versuchen, rasch den Fuß zurückzuziehen: Sie ist flinker und reaktionsschneller, und erst unser Schmerzensschrei läßt sie vom Bett springen und beleidigt verschwinden. Freilich: Die

Abwesenheit dauert nie lange. Sie, das individuellste aller Tiere, ist dennoch nicht gern allein. Wo wir uns in unseren Zimmern hinbegeben, wenig später folgt unsere Hausgenossin, verlockt von unserem Tun oder bloß durch das Zusammensein mit uns in einem Raum angenehm berührt.

Unser enges, fast intimes Verhältnis verändert sich, sobald die Katze schläft. Im Gegensatz zur Beobachtung eines schlafenden Menschen wirkt der Anblick dieses ruhenden, zusammengeringelten, atmenden Pelzchens rätselvoll. Man erinnere sich an jene berühmte Passage in Marcel Prousts »Auf der Suche nach der verlorenen Zeit«, da Marcel seine schlafende »Gefangene« betrachtet, die ihm ausschließlich in diesem Augenblick konfliktlos nah, komplikationslos vertraut ist. Die Katze hingegen wird uns in ihrem Schlaf ganz fremd. Wir merken, daß sie träumt, da ihre Beine zappeln, der Schnurrbart zuckt, Bewegungen durch den kleinen Körper laufen: Etwas geht da vor, was uns für alle Zeiten verschlossen bleibt. Den Traum eines Menschen können wir uns noch vorstellen, den einer Katze nicht. Und es ist nicht zuletzt diese Unmöglichkeit, die die Faszination der schlafenden Katze ausmacht. Ein Anblick, der, und ich sage das ohne Scheu, zu erschüttern vermag: Es ist, man verzeihe das Pathos, das unmittelbare Geheimnis des Lebens, das ahnbar wird, das keine Vivisektion an den Tag bringt, keine Verhaltensforschung, keine genetische Information.

Indem wir mit der Katze sprechen, ganz selbstverständlich und ohne uns dabei komisch vorzukommen, gestehen wir unbewußt unserer Partnerin so etwas wie »Verständnis« zu, was wir aber, bei genauerer Überlegung, sofort abstreiten würden. Doch immer wieder:

Wenn wir uns ins Gespräch mit ihr vertiefen, ihr freundlich und liebevoll etwas zuraunen, zuflüstern, nimmt sie das auf affektive und empfängliche Weise wahr und antwortet mit dem Ausdruck von Wohlbehagen. Sie kapiert zwar nicht, was gesagt wird, doch der Klang der Stimme sagt ihr alles. Kein Wunder, daß gerade Katzen die letzten Ansprechpartner alter Leute werden, die zu beschwören bereit sind, daß gerade ihr »Peterchen« oder »Mohrchen« jedes Wort begreift. Sind Katzen intelligent? Jedenfalls sind sie enorm anpassungsfähig und gewöhnen sich nicht nur rasch an die Lebensumstände ihrer »Bezugspersonen«, sie lassen sich auch von letzteren charakterlich beeinflussen, was den oben benutzten Begriff »Symbiose« für die Katzen-Menschen-Gemeinschaft untermauert.

Die Atmosphäre eines Hauses, einer Wohnung, das Klima zwischenmenschlicher Beziehungen, die Mentalität des Besitzers, all das geht nicht spurlos an der Katze vorüber; sie erfährt durch den subjektiv bedingten Aufenthaltsort nachweislich Prägungen. Und eine bösartig aggressive oder eine überängstliche Katze sind Produkte ihrer Umgebung wie wir auch. Überhaupt: Keine Katze ist wie die andere, und Leute, die meinen, im Grunde seien sich alle gleich, beweisen dadurch einen Mangel an Fähigkeit zur Differenzierung. Ebenso gibt es ja viele, die Chinesen nicht auseinanderhalten können oder Schwarze, als wäre individuelles Aussehen, Individualität an sich, ein hervorstechendes Merkmal von uns Europäern. Dem ist nicht so. Katzen, und ich weiß das aus jahrzehntelangem Zusammenleben mit ihnen, sind in jeder Hinsicht individualistischer als der Durchschnittsbürger von der Stange – selbst wenn er dergleichen Anmerkungen für »inhuman« hält.

Wer vierundzwanzig Stunden hindurch von Katzen umgeben ist, mit ihnen hautnah, besser: fellnah umgeht, erkennt sofort die Unterschiede im Aussehen, Verhalten, Reagieren, ja, am tapsenden Treppensteigen hört er, welches seiner Familienmitglieder die Stufen betritt, ohne daß er hinsehen müßte. Jede Katze, die bei uns im Haus geboren wurde, wies bereits nach dem »Schlüpfen« Eigenarten auf, die sich später zu individuellen Merkmalen ausbildeten. So kam einer unserer Kater, der später zu einem kräftigen Zwanzigpfünder mit dem Namen »Mäuschen« aufwuchs, mit einem auf- und zuklappenden Schnäuzchen ans Licht der Welt, mit einer Mimik, die beibehalten wurde. Und seine Augen waren von denen der Kinder desselben Wurfes völlig verschieden: Es waren »Schlangenaugen«, derart basiliskenhaft blickend, »sprechend«, wie es heißt, daß es den Anschein hatte, als solle diesem vielsagenden Blick gleich eine verbale Bekundung folgen; es war ein Blick von solcher Ausdruckskraft, daß man wirklich ein darüber hinausgehendes, wundersames und verblüffendes Benehmen erwartete. Handwerker, die wir zur damaligen Zeit in unserem Haus hatten, immerhin Männer, die nicht gerade die sensibelsten zu nennen sind, fürchteten sich vor dem Tier, vor dem Angestarrtwerden durch diese Augen, hinter denen etwas Numinoses sich bemerkbar machte.

Wir hatten ständig eine ganze Schar Katzen im Haus, bis zu sieben, unter denen sich voneinander abweichende Temperamente befanden: Zum Beispiel ein Sanguiniker, mit rot-weißem Fell, der nachts häufig auf dem Kopf meiner Frau zu schlafen pflegte, so daß sie wie unter einer gefleckten Pelzmütze dalag, oder ein Choleriker, der stärkste und größte, der sich zum Oberkater, zum Herrn der anderen aufschwang. Ein anderer, kleinwüchsiger

Kater namens »Puschel« hatte die Angewohnheit, alle Türen zu öffnen: Er sprang auf die Klinke, stieß sich vom Türrahmen ab, ein Spalt tat sich auf, durch den ihm die anderen Familienmitglieder in den nächsten Raum oder in die Küche nachkamen. Und jedes hatte ein unverwechselbares Gesicht, unverwechselbarer, meine ich, als die vielen, vielen Gesichter, die uns der Alltag zuträgt und die wir sofort wieder vergessen.

Nicht zufällig übrigens vernimmt man von Katzensympathisanten als eine Art bewundernden Hinweis, das primäre Kennzeichen ihrer Hausgenossen sei deren Undressierbarkeit, Eigensinn, Indolenz gegenüber Befehlen. Die Betonung dieser als lobenswert empfundenen Eigenschaften gleicht einem Geständnis: Was einem selber fehlt, besitzt stellvertretend die Katze, an deren Autonomie man partizipiert. Was wir nicht mehr dürfen, darf die Katze, und alle pädagogischen Restriktionen, die bei uns so gut anschlugen, daß wir davon zeitlebens verdorben wurden, sind bei der Katze wahrlich »für die Katz'«!

Am Katzenwesen können wir zwar nicht mehr genesen, doch fühlen wir uns dadurch getröstet, und Trost für unsere entfremdete Existenz haben wir bitter nötig. Wir sind seelisch auf den Hund gekommen, doch den Ausgleich für diesen betrüblichen Zustand schafft unsere Katze, nach der wir nur die Hand auszustrecken brauchen, damit sie uns durch das entschädigt, was wir gegenüber der Welt nicht aufzubringen imstande sind: ungemindertes Vertrauen.

Herbstabend

Es bleibt doch immer das unbefriedigende Gefühl, nicht alles, nicht einmal das Wesentliche, gesagt zu haben. Inmitten einer schwer lastenden Finsternis, die am viel zu zeitig einfallenden Abend fast stofflich die Außenwelt überzieht und den jetzt Einsamen in einen zunehmend engeren Lichtkreis bannt, peinigt mich, daß ich just ebendiesem Umstand, der ja zu meinen Lebensumständen gehört, kaum je wirklich gerecht werde. Die Unmöglichkeit, scheinbaren Nichtigkeiten wie solcher jahreszeitlich bedingten Finsternis das abzuhorchen, abzusehen, was sie auszeichnet und was über ihre gewohnte Selbstverständlichkeit hinausgeht, schafft Mißbehagen. Dabei geht es nicht darum, einer möglicherweise berechtigten oder unbegründbaren Mystik nachzuhängen oder ihr das Wort zu reden. Es handelt sich einfach darum, die Sprachlosigkeit zu beenden und den andrängenden Erscheinungen entgegenzuarbeiten, um sie dadurch begreifbar werden zu lassen – indem die fahrige Hand niederschreibt, wie sie sich im nicht weniger fahrigen Kopf abspiegeln. Doch das will bloß bruchstückhaft gelingen. So daß die dunklen Abende, diese Angebote sondergleichen, an denen man hilflos vergeht, vorüberziehen wie eine schier endlose, reich beladene Karawane, deren Güter jedoch einen anderen Adressaten haben.

Lesewinter

Sobald der lautlose Flockenfall Kontinuität erhält, erweckt er den Anschein von niemals endender Dauer. Schon glaubt man, nun schneie es immer so weiter, bis alle Luft kristallisiert und zu Boden gesunken und zum Atmen nicht mehr vorhanden sei. Vor Tor und Tür wachsen weiße Hügel aus der Erde, unübersteigbarer von Mal zu Mal, so daß einem bald der Weg ins Freie versperrt wird. Da brechen die Stunden und Tage des Lesens an, und aus der kosmischen Stille rundum lösen sich von den Wänden jene Bücher, welche sich bisher übersehen, mißachtet, aus Leichtfertigkeit verkannt vorkamen: Nun schmiegen sie sich in deine Hand, spät entdeckte Verwandte, verlorene Söhne, die in deinem Kopf einkehren. Die Seiten blättern sich wie von selber um, während die Augen, vom andeutungsweisen Slalom schwarzer Zeichen hypnotisiert, ihnen mit einer gleichmäßigen rhythmischen Rollbewegung folgen. Der Blick nimmt nichts anderes mehr wahr. Nicht einmal, daß die pulvrigen Massen dichter und höher steigen, die Simse erreichen, darüber hinausgehen, sacht und unmerklich, bis die mächtige Schichtung die Fenster zu bedecken beginnt; bis das Licht mit der Existenz des Lesenden, dessen Behagen in einer vergleichbaren Kurve mit der Schneemenge anstieg, gemeinsam oder auch nur zugleich mit dem Licht erlischt. Ereignis, das sich nie begibt, obgleich die Witterung seine Wahrscheinlichkeit – von dem man nicht weiß, ob und wie weit man es sogar ersehnt – zumindest in der Imagination garantiert.

Astronom sein wollen

Die Betrachtung der Planeten ist tröstlich. Seit einer unbegreiflichen Anzahl von Jahren, Milliarden, wie man weiß, laufen sie auf ihren Bahnen dahin, von denen sie in absehbarer, vielleicht sogar unabsehbarer Zeit kaum abweichen werden. Die kosmischen Regularien sind dauerhaft. Jeden Abend geht die Sonne für uns unter, weil sich der Globus sacht unter unseren Füßen dreht, und wer einen Blick durchs Fernrohr wirft, erschrickt über die plötzlich aufschimmernde Menge der Gestirne, die keinen anderen Sinn und Zweck haben, als da zu sein. Entfernte Milchstraßensysteme, unserem gleich, aber völlig unerreichbar, relativieren für den Astronomen, was hinter der Tür seiner Sternwarte vorgeht. Was ist der Mensch, was diese Zivilisation, ja, was dieses bißchen bunte Natur gegenüber solchen unsäglichen Zeiträumen und Dimensionen, in denen sich für ihn, den ich beneide, die Schöpfung bewegt? Das kaum wahrzunehmende Aufblitzen einer Supernova, das Erlöschen eines Lichtfleckes im All bestimmt Schicksale, von denen wir uns niemals träumen lassen. Damit verglichen, wird das Verbrechen hinter der nächsten Ecke oder fern in der Türkei bedeutungslos, Flugzeugabstürze und Katastrophen, Krieg und Völkermord schrumpfen dermaßen, daß sie in einem System, dessen Grenzen nicht zu erforschen sind, nahezu unsichtbar werden. Während wir einst vor der Allmacht Gottes zwar winzig klein, aber dennoch in ihm aufgehoben waren, wie wir glaubten, bietet das Universum unserem Verlangen nach Wesentlichkeit keine Heimstätte mehr. Wir wehren uns, doch schon auf dem Rückzug, das zu sein, was wir sind:

Staubpartikel, in einem Lichtstrahl wirbelnd für einen kurzen Moment, den die blinde Materie nicht einmal wahrnimmt. Von solchem Wissen betroffen, muß dem Astronomen gleichgültig sein, was uns ärmliche Moleküle in Bewegung hält, bis das Licht erlischt. Ich wünschte mir immer schon die Astronomie als Beruf, um mir selber näher zu sein und nicht tanzen zu müssen wie alle anderen.

Beruhigungsrituale

Wir schämen uns ihrer, weil wir sie, jeder für sich, für einen individuellen Schaden halten, einen Tick, den es zu verstecken gilt, und weil wir uns ihrer schämen, werden wir ihrer Normalität nicht inne. Dabei ist es so selbstverständlich, ohne Hosen und nur in Pantoffeln im Zimmer eine Weile um den Eßtisch zu gehen, das zu erreichen, was die Psychiater »Spannungsableitung« nennen. Oder, ohne etwas Bestimmtes zu suchen, in Schubläden zu kramen. Papierbogen exakt aufeinanderschichten. Bleistifte in geheiligter Reihenfolge nebeneinander legen und damit der Welt eine Stütze verleihen, die ihr sonst fehlt. Es ist kein bißchen lächerlich, einen Teil der ohnehin geringen Lebenszeit an nichtige Beschäftigungen zu verwenden, scheinbar sinnlose, die zumindest uns selber so vorkommen und vor deren Eingestehen wir uns daher fürchten. Insgeheim nämlich hält man, jedenfalls in irgendeinem Punkt, die anderen für überlegen: in ihrer Disziplin, mit der sie ihr Dasein ordnen, in ihrer Tüchtigkeit, keine Stunden zu verschwenden, während wir auf dem Klosett sitzen und einen banalen Roman lesen, für dessen Besitz allein wir uns schon genieren. Doch ausnahmslos jeder übt sie aus, die Beruhigungs-Rituale, die ihn befähigen, den Tag zu überstehen, ohne sich aufzuhängen. Denn das sogenannte Leben treibt uns mit martialischen Schocks durch seine Labyrinthe, unaufhörlich, so daß wir immer wieder ein paar Augenblicke brauchen, in denen wir unser Schamhaar kämmen oder unsere Bücher nach Größe ordnen oder Gedichte schreiben, bloß um unserem armen Ich, von dem uns das meiste gar nicht selber gehört, ein bißchen »unverdiente« Ruhe zu gönnen.

Mein Sonntag

Wie sich so vieles im Dasein eines Schriftstellers ins Gegenteil verkehrt, etwa die Selbstverwirklichung durchs Wort in Selbstzwang, so auch das Gewicht der Wochentage. Man weiß, manche Autoren machen die Nacht zu ihrem Arbeitstag und verschlafen den Alltag aller anderen, die sie darum beneiden, ohne der nächtlichen Arbeit gewahr geworden zu sein. Daher ist auch mein Sonntag kein Sonntag im Sinne von Feiertag.

Mein Sonntag ist ein Arbeitstag mit einer optimalen Chance für das Gelingen der Arbeit. Die Gründe liegen auf der Hand: An diesem Tage – wie übrigens auch am vorhergehenden Samstag, den ich okkupatorisch dem Sonntag zuschlage – ist man ganz und gar ungestört, niemand ruft an oder erwartet einen Anruf, klingelt an der Tür, wird brieflich vorstellig, weil eben das ruht, was die Anrufenden oder Briefschreibenden Arbeit nennen.

Sonntag ist der Tag, da man sich gemächlich und zugleich hemmungslos ins Schreiben versenkt. Wie ich mich schon früher, als ich noch in Berlin wohnte, in die Deckung und Tarnung des Gartens geflüchtet habe, so geselle ich mich auch heute, wenn das Wetter mich begünstigt, dem umgebenden Stück domestizierter Restnatur bei, von dem ich behütet zu sein hoffe wie Dornröschen von der bekannten Hecke: abgeschirmt von der Welt, welche selber gleichzeitig auf das Maß von DIN-A4-Blättern schrumpft, um in dieser handlichen Größe für ein paar Stunden durch Sprache bewältigt zu werden.

Der Blick, von dem liniierten Block zwischen zwei Gedanken oder zwei langsamen Herzschlägen ins nahe Grün gerichtet, wird durch nichts abgelenkt. Vielleicht flattert eine Amsel torkelig über den Rasen. Eine eilige Maus läuft unnatürlich gleichmäßig und wie aufgezogen an meinem Korbsessel vorüber. Das Geräusch der Wagen von der fünf-, sechshundert Meter entfernten Bundesstraße, das alltags als ab- und anschwellende akustische Brandung über meinem Garten zusammenschlägt, ist nahezu versiegt. Heute schweigt die Technik. Ohnehin ist die Stille des Sonntags seine wichtigste, seine wunderbarste Eigenschaft. Erst in der ihm eigenen Lautlosigkeit wird einem bewußt, was sie bedeutet. Die Voraussetzung für eine Konzentration, für ein beruhigtes Zusichselberkommen, das vielleicht schon die unterste Stufe der Meditation darstellt. Stille schafft sofort das Empfinden von Abgeschiedenheit, die eigentümlich glücksverheißend und überhaupt erwartungsvoll ist. Als sei dieser Augenblick innerer Einkehr und Besinnung das Eigentliche des Lebens und erhalte nur von ihm, von diesem Moment her, seine Heiligung und Heilung, seine Berechtigung und seinen Inhalt, der doch, wie man deutlich genug spürt, in absoluter Inhaltslosigkeit besteht. In solchen Momenten, und das mag vergleichbar sein der Pirsch auf ein Wild, erscheint aus dem Dunkel zerebraler Verborgenheit das Wort, die Wörter, die Zeile, der Vers, die Strophe, das Gedicht, das lebenslang Gesuchte.

Merkwürdig oder nicht: Der Einklang, der sich plötzlich herstellt zwischen dem Schreibenden und seiner überschaubaren Umwelt, schafft unverhofft, wofür unter Umständen übermäßiger Kraftaufwand und beißende Disziplin nötig waren. Jetzt, unter dem Zeichen des Sonntags, geschieht von selbst, daß sich einem die Sätze und Formulierungen nähern, als ermöglichte es ihnen die umfassende Ruhe, leichter und zutraulicher hervorzutreten.

Viel mehr ließe sich über diesen ehrwürdig alten Tag, an dem zu ruhen Sünde wäre, nicht sagen – jedenfalls nicht aus der Sicht eines Schriftstellers.

Gestern

Als du aus dem Bett aufgestanden bist, hast du dich nicht zurechtgefunden. Die körpernahen Dinge, Kopfkissen, Matratze, Steppdecke, die hölzernen Seitenteile, das durchbrochene Fußende mit den geschnitzten Weinranken, vermittelten dir Sicherheit. Nun ist der Raum zu groß, ringsum Tatsachen, die du nicht verstehst und die sich dir, sobald du sie genauer anschauen möchtest, entziehen wie die Früchte des Tantalus. Und deine Qualen sind keine geringeren, denn du ahnst oder weißt bald, daß du zum Leben benötigst, was sich dir dauernd entzieht. Alles rückt in die Weite und die Ferne, wird zu Berg und Gipfel, Horizont und Kimm, unfaßlich gleich den Gefühlen, von denen du hörst: Liebe, Leidenschaft, Haß und Güte. Eben noch war dir die Maserung der Dielen vertraut, lauter leicht lesbare Zeichen, die du plötzlich nicht mehr entziffern kannst. Das Muster des Teppichs verhöhnt dich durch vorgetäuschte Fremdheit, denn du hast dich einmal darin wiedererkannt und künftig nie mehr. Mauern umgeben deinen Blick, eine zunehmende Zahl. Der Himmel steigt weiter aufwärts, die Sterne, das merkst du, vergessen dich mittlerweile, obwohl du inständig oder zumindest manchmal zu ihnen aufblickst.

Dir ist, als seiest du eben erst geboren worden und auf die Welt gekommen. Aber – wie lange ist es schon her? Wann war das? Die Antworten stimmen nicht. Du weißt es besser. Und erst spät, viel zu spät, merkst du, was mit dir geschehen ist, da du in dein Bett zurückkehrst, in Schweißtücher gehüllt, sprachlos und fassungslos und ohne jeden Trost ab und weg.

Flüchtigkeit

Wenn wir doch nur immer bei der Sache wären, über die der Blick hingleitet, ohne anzuhalten: sie birgt Mengen an Mitteilungen, in ihrer Gesamtheit niemals erschließbar, von denen uns bloß Bruckstücke erreichen. Ein zerbrochener Puppenkopf, eine weggeworfene schwarze Nähmaschine, Marke »Singer«, Kistendeckel mit Brandzeichen, ein Stück abgetrennter Samt, ein überflüssig gewordenes Schulheft, Abfall und Nichtabfall, Gegenstände täglichen Gebrauchs und durch diesen fast unsichtbar geworden: authentische Zeugnisse gegenwärtiger Zivilisation. Erfährt man, was ein Archäologe aus einer Handvoll Scherben zu ergründen vermag, der Paläontologe allein aus dem schwachen Abdruck eines Blattes, dann erst wird klar, was wir den Dingen, allen Dingen antun, indem wir sie schweigen lassen. Es sei denn, wir fürchten das, was sie uns zu sagen hätten.

Verlockung und Angst

Während der Dreharbeiten zu meinem »Elektronischen Tagebuch« über den legendären König Artus kam mir der Einfall, am Drehort im ältesten Hause Englands übernachten zu wollen. Es steht mitten in dem Kleinstädtchen Tintagel an der Cornischen Küste und heißt heute »Alte Post«, weil lange Zeit ein Postamt sich in diesem grauen, wie geduckt wirkenden Gebäude aus dem 14. Jahrhundert befunden hat. In einer niedrigen Kammer im oberen Stock steht ein altes Eisenbett, überdacht von einem düsteren Gewirr tragender Dachbalken. Das Fenster winzig wie der Raum: Hier zu übernachten war mein Plan. Und die Hoffnung bestand darin, die undefinierbare Atmosphäre dieses greisenhaften archaischen Bauwerks auf mich wirken zu lassen, um dadurch möglicherweise weitere Anregungen für meinen Film zu erhalten. Vor dem mit einer gelblich verblichenen Häkelarbeit zugedeckten Bett stehend, überkam mich nach der ersten Verlockung Besorgnis, ja, eine undeutliche Angst vor dem, was mich da nächtens erwarten könnte. Worauf hatte ich mich bloß eingelassen? Dabei hätte ich gar nicht zu sagen gewußt, wovor ich mich fürchtete, es war mir nur plötzlich mehr als unbehaglich zumute, und ich hätte meinen Wunsch am liebsten gleich wieder aufgegeben, vor allem: unausgesprochen gemacht, doch hatte ich bereits dem Filmteam und meiner Frau davon erzählt und konnte nicht mehr zurück. Tagelang schwankte ich zwischen Neugier und Bangen, als hätte ich die Erfahrung von einem, der im gleichnamigen Märchen auszog, das Fürchten zu lernen, schon hinter mir. Und ebendieses kreiste zum Schluß um die Vorstellung, nach dieser

Nacht nicht mehr derselbe zu sein, aufzuwachen und mich als ein anderer vorzufinden. Als die Verwaltung der britischen Altertümer mir mein Vorhaben untersagte, habe ich aufgeatmet und gleich darauf das Verbot bedauert, als wäre mir etwas ganz Wesentliches vorenthalten worden, und zwar mit genau ebendieser Absicht.

Die Kunst dem Volke

Schauplatz doppelter Niederlage, obschon niemand zum Schauen bestellt oder auch nur in Sichtnähe gewesen wäre: jene Kneipe in Charlottenburg, in die mich Hunger getrieben hatte. Das einstmals gewiß »gut bürgerlich« genannte Interieur empfing seine Gäste mit dem appetitsteigernden Eindruck, hier sei unbedingt mit solidem Küchenhandwerk zu rechnen – ein Irrtum, wie sich bald herausstellte, als das Mittagsmahl serviert wurde und sich als kaum genießbar erwies: Um den Eigengeschmack gebracht, hatte der Koch den Mangel mit Würzessenzen auszugleichen versucht. Meine Pein zu steigern, unterhielt mich ein Spielautomat an der Wand mit orangefarbenen Lichtsignalen, aufflammenden und erlöschenden Lämpchen im Rhythmus elektronisch erzeugter Töne, die sich erst nach einer Weile als der Anfang von Beethovens fünfter Symphonie zu erkennen gaben. Wie mit Hupen von Miniaturautos wurde die Freude beschworen, doch nur bis zum Götterfunken, nach welchem sie abrupt erlosch wie auch er, um sogleich mit den bunten Birnen von neuem aufzuflackern. Ob der triumphierende musikalische Einsatz den potentiellen Spieler animieren sollte, durch Einsatz seines Geldes einen anderen Triumph, nämlich den des Gewinnens, auszukosten und zu genießen, weil es in diesem Lokal sonst nichts auszukosten und zu genießen gäbe, also der Spielautomat bereits als Äquivalent für die fehlende Gaumenfreude wohlweislich installiert worden sei – darüber habe ich keine Klarheit erlangt. Ich wagte auch nicht danach zu fragen, als mir vor dem Begleichen der Rechnung die inquisitorische Frage gestellt wurde: Ob es mir geschmeckt habe?! Wie üblich in solcher Situation habe ich gelogen und beiläufig Entzücken geheuchelt. Und nicht den Mut gefunden, namens des Komponisten gegen seine elektronische Schändung zu protestieren: daß man ihn zum akustischen Zuhälter für triviales Hasard gemacht habe! Da er selber sich ja nicht mehr dagegen verwahren konnte; ich hätte das an seiner Stelle tun müssen, ohne Rücksicht auf die Folgen. Bedacht habe ich im nachhinein nur, daß wohl ein unsichtbarer Zusammenhang bestehen müsse zwischen schlechtem Essen und kultureller Barbarei, zwischen volkstümlicher Vermittlung von Kunst und dem, was direkter konsumierbar ist.

Kolumbus auf dem Trödelmarkt

Schon wenn man sich ihm nähert, meint man, da sich die Schritte unwillkürlich beschleunigen, in das Gravitationsfeld einer unbekannten Macht zu geraten. Und daß es sich um eine Macht handelt (vielleicht sogar die stärkste auf Erden), weiß man, sobald die ersten Stände, die ersten mit kunterbuntem Zeug übersäten Tische erreicht sind. Die Macht heißt »Vergangenheit«. Nichts anderes, als sie zu entdecken, betritt der moderne Kolumbus den Trödelmarkt. Überzeugt von des Predigers Ausspruch, es gebe nichts Neues unter der Sonne, hat der gegenwärtige Entdecker sich dem einzig wahren und glaubhaften Atlantis zugewandt: dem versunkenen Gestern.

Auf solchem Markt haben die Wellen aufeinanderfolgender Epochen ihr Strandgut hinterlassen, das nun, ausgebreitet im hellen Tageslicht, deplaziert wirkt, aus dem einstigen Zusammenhang gerissen und allein schon dadurch fremdartig. Noch der banalste Aschenbecher, die schmutzige Karaffe ohne Stöpsel, der handgestickte und gerahmte Pferdekopf erhalten durch den Verlust ihrer ehedem natürlichen Umgebung und durch die ungewöhnliche Nachbarschaft von anderem Krimskrams etwas durchaus Exotisches, als handele es sich nicht nur um Besitztümer verschwundener Generationen, sondern als seien letztere auch noch ethnisch andersartig gewesen. Die Vereinzelung der Gegenstände verschafft ihnen den Charakter des Solitären, kapselt sie von der lebendigen Welt ab und stattet sie darum mit einer Eigenart aus, die wir von den Dingen, die uns daheim gehören, überhaupt nicht kennen.

Genauso aber verliert häufig ein Gegenstand, nachdem wir ihn erworben und »heimgeführt« haben, in einem Akt scheinbarer Rettung aus seiner Nutzlosigkeit in unseren individuellen Zweckbezug, jene spezifische Merkwürdigkeit, mit der er uns angelockt und zum Kauf verleitet hat. Aber geht uns das nicht mit allen Dingen so, die wir erstehen? Überfällt uns nicht immer wieder Enttäuschung auch bei funkelnagelneuen Objekten, seien es nun technische Geräte, Kleidung, Möbelstücke, irgendwelche Accessoires unseres Daseins, da sie sofort etwas von dem Zauber einbüßen, den sie über uns gebreitet hatten, als wir sie noch nicht besaßen? Keinesfalls ist es die Gewöhnung, welche die geheime Ermattung des Gegenstandes hervorruft oder die unserer Lust an ihm: denn die Entwertung ereignet sich ja baldigst nach Inbesitznahme und nicht erst im Verlaufe von Wochen und Monaten. Es ist, als verlören die Dinge ihre Besonderheit, ihr unbegreifliches Wesen eben dadurch, daß wir sie uns zu eigen machen. Ihre Autonomie, von der wir uns angezogen fühlten, verfliegt im Nu, sobald ihre Selbständigkeit vorüber ist, weil wir sie in die Schar unserer Haussklaven eingereiht haben. Das Verhältnis von Herr und Diener prägt nun unser Verhältnis zu den Dingen: Wir machen sie unfrei, ohne selber frei zu werden. Dennoch können wir nicht aufhören, immer wieder auf neue Eroberungen auszuziehen, immer wieder in der Illusion befangen, Partnerschaft mit den Dingen eingehen zu können, an ihrer Unabhängigkeit zu partizipieren.

Insbesondere auf den Trödelmärkten erfährt der moderne Kolumbus dieses unaufhebbare Schicksal aller Entdecker und Eroberer, das darin besteht, daß unter seinen zupackenden Händen das Objekt seiner Begierde sich in etwas verwandelt, was nie wieder das anfängliche Glück der Entdeckung, die Freude des Erwerbs hervorrufen kann. Es ließe sich dabei von einem menschlichen Grunderlebnis sprechen, dessen Wiederholbarkeit einem Wiederholungszwang gleicht, der sein Pendant nur noch im Bereich der Sexualität findet.

Sammlertum

Sammler bestehen unbewußt und entgegen aller Erfahrung auf historischer Kontinuität: Sie eignen sich fremde Vergangenheit an, indem sie deren Vergegenständlichungen erstehen und ihrem eigenen Lebensbereich hinzufügen. Auf solch billige oder vielmehr unbillige Weise scheint die Verbindung, gar Bindung in fast familiärem Sinne zum Gewesenen gradlinig und bruchlos und so umweglos wie der »heiße Draht«, wie eine persönliche Beziehung zu jener historischen Stunde, welche, dank des sie repräsentierenden Objektes, den Eindruck erweckt, sie habe nie geendet. Dem Sammler kommt es vor, als halte er mittels seiner erworbenen Stücke Kontakt zu einer Welt, die nur verborgen und durch sein liebendes Interesse auf numinose Art noch existent sei. Um ein altes Blechauto geistern die Schatten der »Kindheit um neunzehnhundert«, so daß er, der Sammler, sie fast berühren zu können meint. Beugt sich nicht eine Madame Récamier über seine Schulter, sobald er an seinem Empire-Schreibtisch Platz nimmt? Gewinnt er nicht zusätzlich zum eigenen Dasein etwas hinzu, sobald er mit einem Auto von 1926 startet, um wie die Altvorderen sacht dahinzurollen und damit ihnen gleich, zumindest ihnen ähnlich zu werden?

Sammeln, was auch immer, wo auch immer, ist eine andere Methode der Vergangenheits- und Zeitbewältigung als die ethische oder die philosophische oder gar die politische. Der Sammler, indem er sich mit Überbleibseln des Gestern umgibt, verweigert sich bis zu einem bestimmten Grad der Gegenwart, die seinen Trouvaillen nicht mehr entsprechen will und letzteren nur noch kulturhistorischen Wert zugesteht, keinen lebensbedingenden, lebensprägenden mehr. Der Sammler aber weiß, daß auch das aktuelle Heute, soweit es sich verdinglichen kann, zum Sammelgebiet werden wird und damit überhaupt erst akzeptabel – wenn auch nicht mehr für ihn selber.

Schrumpfköpfe

Wenn von Sammelleidenschaft die Rede ist, muß an Ilse Koch erinnert werden, an jene KZ-Kommandantin, die in den Labors ihres Lagers sich Schrumpfköpfe anfertigen ließ. Man erinnere sich der Pressefotos davon, als damals nach Kriegsende diese Frau vor Gericht stand. Nicht erinnerlich aber ist mir ihre Aussage über ihr »Hobby«, und ich weiß nicht einmal mehr, ob sie überhaupt wegen ihrer Tatmotive verhört worden ist. Wahrscheinlich war der Abscheu vor der Person und ihrem Tun derart lähmend, daß man, außer die entsetzliche Tatsache zu registrieren, nach dem Hintergrund solcher absonderlichen Besitzsucht nicht fragte. Aber – so meine ich – es hat sich dabei kaum um etwas anderes gehandelt als um das uns allen eingeborene Verlangen, von Dingen umgeben zu sein, die den Charakter von Mittlern haben, tätig als lügenhafte Dolmetscher zwischen uns und der Umwelt. Wie der eine per Briefmarkensammlung sich die Erde erobert, indem er sie durch Fantasie verzwergt und in den Schrank stellt, ein anderer wiederum mittels antiker Möbelstücke die geschichtliche Zeit zu bewältigen meint, so hat gleichermaßen Ilse Koch ihre geheimen Ängste vor den Häftlingsmassen und die Extremsituation des auch ihr Dasein bestimmenden Lagerlebens dadurch bewältigt, daß sie ausgesuchten Exemplaren die Köpfe abschneiden und verarbeiten ließ.

Die faustgroßen Objekte in ihrem Wohnzimmer reduzierten den »Feind«, ihren Feind, dessen Abgesandte sie täglich quälte und tötete, ohne daß sich dadurch die Summe seiner Teile merkbar verringerte, auf beruhigendes, faktisch »handhabbares« Maß: Schrumpfköpfe bergen nichts mehr an Gefahren.

Und auf just ebendiesem Reduktionsvorgang basiert die Sammelleidenschaft, die Erleichterung dadurch verschafft, daß sie dem Sammler einen dominanten Umgang mit den Stellvertretern einer sonst kaum zu bewältigenden Zivilisation ermöglicht. Sammeln ist Abwehrzauber, säkularisierte Magie. Und Ilse Koch ist nur der Extremfall dessen, was alle und jeden im innersten Kern des eigenen Wesens betrifft – selbst wenn dieser sich der Einsicht verschließt. Denn auch der scheinbare Asket, der Besitzfeind, der Eigentumsgegner, der nur aufs Notwendigste sich Einrichtende trägt vom Strand seine Muschelschalen und Steinchen fort, und auch wenn er das unterläßt: er besitzt eine unsichtbare Sammlung von Erinnerungen, von Bildern und Vorstellungen, die er unverändert (wie er glaubt) bei sich trägt und die er hinter tarnendem Schweigen versteckt hält.

Erinnerungsstücke

Das Gedächtnis in seiner rätselhaften Selektionsweise bewahrt Erinnerungen oder doch Bruchstücke davon, die man für unwichtig zu halten geneigt ist. Hingegen scheinen die eigentlich wesentlicheren Erinnerungen unwiderruflich verschwunden – für immer im Dunkel irgendwelcher Gehirnzellen. Dergestalt entsteht für die meisten Menschen ein Bild ihrer Vergangenheit, das mit der einstigen Realität kaum etwas zu tun hat. Die unbewußte Bearbeitung der Erinnerung wird mit größerem Fleiß betrieben als das bewußte Eingedenken.

Wenn ich mir den Kriegsbeginn vor Augen rufe, stehe ich, ein Zehnjähriger, im vierten Stockwerk eines Berliner Mietshauses auf einem Balkon und schaue in die Tiefe. Es ist schönes Wetter. Ohrenbetäubender Lärm wallt da unten durch die Straße, eine der breiten Ausfallstraßen, die von der Innenstadt hinaus zum Vorort Köpenick führt, weswegen sie auch »Köpenicker Straße« heißt. Den Lärm verursachen zahllose Mannschaftsfahrzeuge, die in dichter Folge zu meinen Füßen vorbeirollen. Von den Lastwagen sind die sonst deckenden Planen entfernt, man sieht die Soldaten auf Bänken sitzen, gleichförmige Gestalten, dicht nebeneinander, die Gewehre aufrecht zwischen den Knien. Auf dem Bürgersteig sind Passanten stehengeblieben; wenige für die Bedeutung des Geschehens. Und niemand schwenkt Hut oder Fahne, keiner ruft ein enthusiastisches Wort, kein Zeichen von Begeisterung, von Übereinstimmung, wie es die alten Filmdokumente und Fotografien vom Juli 1914 festgehalten haben. Nur diese unaufhörliche, dröhnende, die Straße im physikalischen Sinne erschütternde Bewegung.

Den Blick hebend, sehe ich die Häuser, die es längst nicht mehr gibt. Auch mein Logenplatz, der Balkon, ist mit dem Gebäude zusammengestürzt, weggeschaufelt, weggefahren und zermahlen worden. Und jeder Satz, mit dem sich der Erinnernde diesem bereits unvorstellbar gewordenen Gestern zuwendet, will mit dem Wörtchen »Noch« anfangen. Denn noch gab der Anblick vor, eine intakte, beständige Umwelt widerzuspiegeln, deren abruptes Verschwinden undenkbar war.

Noch lebten die Menschen und gingen noch ihren Tätigkeiten nach. Und noch lebte in den Lebenden die Hoffnung, daß auf der Skala alltäglicher Existenz der Zeiger sich wieder bei einem Mittelwert einpendeln würde. Noch und bis zu diesem Tage hatten viele, viel zu viele geglaubt, Hitler und sein System würden dank der politischen Erfolge und des weltweit unbestrittenen Aufstieges zu einer gewissen Liberalität finden. Auch die Zeit, so glaubte man noch, würde die Schärfen des Regimes abschleifen und es sogar für die von ihm am ärgsten Betroffenen, für die Juden, akzeptabel, zumindest erträglich machen.

Mit dem 1. September 1939 legte sich nicht nur im metaphorischen Sinne ein vollständiges Dunkel über die Stadt. Für die nächsten sechs Jahre sollte es keine andere Straßenbeleuchtung mehr geben als Phosphorbomben, brennende Bauten, die zischenden Fackeln getroffener Gaslaternen, das fahle Licht aufgeregt den Himmel abtastender Scheinwerfer und den grellen Glanz der an Fallschirmen abgeworfenen Markierungsleuchten für Bomberpiloten. Doch noch, nämlich am Anfang, erfuhr man die in Finsternis versetzte Stadt und ihre Bedrohung als Abenteuer. Ein Neugieriger unter anderen, so stehe ich im Haustorbogen und betrachte das Schauspiel:

das Aufblitzen der Flakgranaten, die weißen Lichtbahnen, die sich zum Kreuz zusammenschieben, um in dessen wandernder Tangente einen winzigen, blinkenden Gegenstand aufleuchten zu lassen: das Flugzeug, dessen Besuchsspur an irgendeinem Haus in irgendeiner Straße am nächsten Morgen Schaulustige anlockt. Denn noch gab es Schaulustige, weil noch wenige Bomben fielen, bis mit dem zunehmenden Bombardement die Einwohner des Ortes die Lust am Anblick der Zerstörung einbüßten.

Das wirkliche Licht in dieser nun doch symbolisch gemeinten Dunkelheit ging für mich von meiner Leselampe aus und von dem die Augen überanstrengenden weißen Reflex der Buchseiten. Während draußen das absolut Unalltägliche, Vernichtung und Terror, sich als Normalität konstituierte, lebte ich in meiner Bücherwelt wie in einem Bunker. Und sehr wahrscheinlich wuchs meine Aufmerksamkeit und Aufnahmefähigkeit für Literatur proportional zu der abnorm sich steigernden Gefahr außerhalb des Lampenlichtkreises.

Die Diskrepanz kann benannt, jedoch nicht vermittelt werden, welche für mich die Selbstverständlichkeit meines Daseins war. Ich lebte in Büchern, die mit der Umwelt nicht das mindeste zu tun hatten, und ging zugleich durch eine Realität, deren Charakter der Lektüre aufs eindringlichste widersprach. Diese Realität wies jedoch selber Züge des Irrealen auf, des bösartig und unheimlich Märchenhaften, wenn ich daran zurückdenke. Wie im Märchen erlebte man Ungeheuerliches als Begleiterscheinung der Alltage. Kaum hob man die Nase aus den Buchseiten, waren Plätze und Alleen verschwunden. Wie im Märchen gehe ich zum Schloß des Kaisers und sehe zu, wie es abbrennt. Ich betrete einen

Hausflur, in dem, in einen Tepppich eingewickelt, eine tote Frau liegt, mitten in einer undefinierbaren Lache. Ich steige durch ein Treppenhaus, während die Wohnungen rechts und links Feueröfen sind: Man guckt hinein in Wohnzimmer und Korridore, deren Mobiliar vor sich hin lodert. Ich sitze im Keller und höre das Näherkommen fallender Bomben, dann beginnt der Boden zu schwanken wie auf einem Schiff bei windigem Wetter, das Licht erlischt, Frauen kreischen, man verläßt den Keller und erkennt seine Wohnung nicht wieder. Und als der von Berlin exportierte Krieg zurückkommt, näher und näher, verwandelt sich die Wirklichkeit immer mehr ins Groteske. Kaum steckte man den Kopf durch die Haustür, durfte man gewiß sein, daß ein Scharfschütze in Laurins Mantel ihn schon im Visier hatte. Hungernde, denen man die Läden aufbricht, um sie zu filmen, wie sie sich übereinanderstürzen, treten einander in Sümpfe von Marmelade, wo sie ersticken. Überall hängen weiße Fahnen. Die Haustüren öffnen sich, die Jagd nach Nahrungsmitteln hebt an. Doch das bezeichnet bereits den Beginn der neuen Epoche, des Waffenstillstandes, eines Friedens, der aber, ohne durch Brief und Siegel verkündet worden zu sein, dennoch die künftigen 44 Jahre Bestand haben soll.

Von Diskrepanz war die Rede, von einer Widersprüchlichkeit des Seins, des faktischen wie des geistigen, dessen Eindringlichkeit selbst dem hartgesottensten Zeitgenossen aufstoßen mußte. Wie sehr erst einem jungen Menschen, dessen Existenz zwischen brutalen, lebensbedrohlichen Fakten und einer aus dem Abstraktum Literatur bezogenen Fata Morgana unaufhörlich pendelte. Davon im Kern unberührt zu bleiben eine Unmöglichkeit. Die Erfahrungen und Erlebnisse, mit denen das Berlin jener im Rückblick endlos erscheinenden Jahre einen überwältigte, verwandelten sich in den Zwang, sich ihrer im nachhinein bewußt zu werden. Ein Mechanismus, der die fatale Folge hat, daß man zum Schriftsteller entartet – unfreiwillig, wie es mir vorkommt.

Die Apokalypse, die über unsere Stadt hinweggegangen war, hatte die an ihr passiv wie aktiv Beteiligten an Ort und Stelle zurückgelassen und sie in die Lage versetzt, sich sowohl mit ihrem Schicksal wie mit dem Schicksal ihrer Stadt auseinanderzusetzen. Die Gunst des Augenblicks haben viele nicht genutzt; ihr Wunsch war, schleunigst dort anzuknüpfen, wo noch alles in »Ordnung« gewesen ist, wie sie glaubten, und sie konnten einfach nicht verstehen, wie diese Reichshauptstadt nach der Katastrophe nicht zu ihrer alten Rolle und ihrem alten Glanz zurückzukehren vermochte. Ganze Generationen von Berlinern, die sich persönlich gekränkt fühlten, weil ihre Metropole keine mehr war, haben viele Jahre das Klima der Stadt bestimmt. Und für kurze Momente flackerte irrlichthaft während des »kalten Krieges« die Wahnsinnsidee auf – übrigens auf beiden Seiten, wie ich glaube –, der Triumphator einer globalen Auseinandersetzung würde Berlin die hauptstädtische Mauerkrone zurückgeben. Es ist aber nur eine Mauer daraus geworden.

Warum erzähle ich das alles? Warum solche Auflistung? Warum immer aufs neue mit dem Finger auf diesen Erdpunkt zeigen und mit einem berühmt gewordenen Zitat sagen: Seht auf diese Stadt?

Weil ich überzeugt davon bin, daß das Schicksal Berlins bestimmend für uns, für unsereins, für uns Gleichgesinnte und Gleichgeartete gewesen ist. Ob heißer oder kalter Krieg, Nichtkrieg oder Nochnichtfrieden, Teilung und Zusammenhalt durch die Teilung – Berlin veranlaßte jeden, sich auf eine bestimmtere Weise zu verhalten, als es andernorts denkbar gewesen wäre; »Stellung zu beziehen«, eine Meinung zu haben, eine Überzeugung, und sei sie noch so richtig. Denn in Berlin konnte man sich keine Neutralität der Seele und des Hirns leisten. Die Stadtgöttin, die Tyche, die Berolina sorgte mit kräftigen Knüffen dafür, daß Gleichgültigkeit sich gar nicht erst entwickelte. Man könnte sagen, es handelte sich hier um eine Muse besonderer Art, deren Küsse wohl eher Kopfnüssen glichen als zarten Inspirationen. Kein Wunder also, daß in keiner anderen Stadt Deutschlands so viele Dichter, Schriftsteller, Autoren, Schreiber und Schreiberlinge zutage traten wie in Berlin – wie in den beiden Hälften Berlins, die bekanntlich durch jenes berühmte Bauwerk gründlicher siamesisch wurden, als es je zu Zeiten der sozialen Sezession gewesen war. Noch Tucholsky erzählt uns ja vom »Dorf Berlin«, wo der Lichtenberger nicht weiß, was der Friedrichshainer tut; von einem Berlin, das, in seine »Kietze« eingeigelt, von sich selber wenig genug ahnt und wenig genug Kenntnisse hat. Erst der Versuch der Trennung hat den Berlinern ihr Berlin ins Bewußtsein gestoßen, mit einem Schock, der lange vorgehalten hat.

Mit einem Witzwort ließe sich sagen: Wer in Berlin nicht Schriftsteller wurde, war daran selber schuld. Denn außer der etwas großspurig benannten »Schicksalslast«, die jeder mitschleppte und die, wer sich intentioniert meinte, schreibend abzuarbeiten gedachte, erwies sich ein Kennzeichen der Stadt als besonders fruchtbringend: ihre Isolation. Berlin-Ost, das so merklich nicht zur DDR gehörte, und Berlin-West, das kein Bestandteil der

Bundesrepublik war, bildeten gemeinsam eine exotische Insel, deren Anziehungskraft für viele Weltflüchtige, für Traumsüchtige enorm schien. Aus dem Zentrum von Machtpolitik entlassen, wurde die Ortschaft an den Rand der Bedeutung gerückt und somit zu einem Ort der Besinnung, nicht etwa der Besinnlichkeit.

Wer hierherkam, aus welchen Gründen auch immer, mußte, falls nicht gänzlich abgestumpft, dem Geist des Ortes begegnen, der unter vielen Namen durch die Topographie spukte. Doch immer waren es literarische Namen, Namen erdachter, erfundener und dennoch glaubhaft gewesener Figuren, ob sie nun Biberkopf hießen oder Wendriner, Jettchen Gebert oder Diederich Heßling, Mutter Wolffen oder Gustav Maske. Keine Stadt hat dermaßen eindrücklich Literatur geprägt, hat sich solcherart in der Literatur wiedergefunden und wiedererkannt wie Berlin.

Die Pestilenz der Beliebigkeit, deren Infektion dazu führt, nur noch das aktuell Gleichartige und Moderne in seiner Beziehungslosigkeit wahrnehmen zu können, hat Berlin und die Berliner noch nicht vollständig befallen. Berlin besitzt Residuen der Vergangenheit, aus denen es seine Authentizität schöpft. In der inzwischen zum Ersticken schlecht gewordenen Berliner Luft weht zwar nicht jener Benjaminsche Wind aus Utopia, aus einer Zukunft, welcher der Engel der Geschichte rückwärts entgegenfliegt, sondern ein letzter Hauch des unvergänglich Gewesenen, Spurenelemente des Untergangs, an dem ich beobachtend teilhatte.

Jeder Berliner jedes neu heraufgezogenen Jahrzehnts besitzt seine Bildersammlung von der Stadt und ihren gewaltsam verursachten Metamorphosen, von ihrem Absterben und Überleben. Zu meinen Bildern gehört unauslöschlich das eines kleinen Jungen, der auf einem Balkon steht und auf die stählerne Woge zu seinen Füßen starrt, die eine Welt, auch seine Welt, unter sich begraben wird. Aus Bildern, aus den Biographien der Schriftsteller, aus ihren Geschichten setzt sich die Geschichte selber zusammen, denn nichts ist so unwiderleglich wahr wie die individuelle Erfahrung. Von ihr mit höchstmöglicher Ehrlichkeit und Offenheit zu sprechen und zu schreiben, ist der Point d'honneur des Autors, und zwar: unwiderruflich.

Feuerzauber

Für die Faszination des Feuers ist nicht allein der Pyromane ein Kronzeuge: Er stellt nur das Extrem des Normalfalles dar. Denn daß fast jeder von uns den geruhsamen Blick in das begrenzte Geflacker mag, ist so gut wie sicher. Die Zunahme offener Kamine in einer Ära, in der sie keine notwendige Funktion mehr erfüllen, bedeutet ein zusätzliches Indiz. Sicherer Nachweis aber für diese atavistische Lust findet sich in der Kindheit jener, die noch persönlich die mit »Brennmaterial« beheizten heimischen Wärmequellen kennengelernt haben. Mir jedenfalls bleibt unvergeßlich, wie ich im Wohnzimmer am Boden hockte, vor der noch offenen Ofentür, die erst nach dem vollständigen Durchglühtsein der Kohlen geschlossen wurde, und wie ich auf die unvorhersehbaren Bewegungen der Flammen starrte. Sacht fraß sich die Glut weiter, rastlos umspielt von einer gelb-rötlichen Korona, aus der winzige Protuberanzen aufsprangen, als sei dieser Mikrokosmos die banale und jedermann zugängliche Stellvertretung des unerreichbaren Universums. Als sei da etwas unbenennbar Lebendiges am Werk.

Man konnte die Augen, als seien sie hypnotisch fixiert, nicht abwenden. Ganz gewiß, ein der Trance naher Zustand hielt mich auf meinem unbequemen Platz fest. Zeitlosigkeit bestimmte diese Dämmerstunde, den Moment, denn nichts, was den Zeitablauf angezeigt hätte, trat ein, und das Feuer selber wirkte so, als wolle es bis in alle Ewigkeit nicht zu brennen aufhören.

Auch wenn ich später C. G. Jungs Theorie von den Archetypen nicht einzusehen vermochte und nicht an prähistorische Prägungen unserer Psyche glauben konnte, so hat mich doch der eigentümlich bannende Eindruck gebändigten Feuers nachdenklich gemacht. Vielleicht haust in jedem von uns ein zündelfreudiger Nero, von der Konvention und der Angst daran gehindert, die ganze Welt in Brand zu setzen. Aber Hemmungen kann man ja überwinden …

Kinderwelt

Angesichts der Illustrationen alter Kinderbücher erfährt Neill Postmans Feststellung, daß die Kindheit verschwinde, beziehungsweise bereits im Maelstrom moderner Medien untergegangen sei, eine optische Bestätigung. Diese Bilder, dem Vorbild monströsen Kitsches ihrer Zeit folgend, voll der verlogenen Harmonie, Realität sorgsam meidend, besitzen dennoch eine ganz eigentümliche Aura. Nachdem die bunten Veduten, besiedelt von seltsam zwittrigen Geschöpfen, die farbig-flächigen Graphiken das historisch Zeitliche gesegnet haben, wollen sie uns doch so vorkommen, als seien gerade sie die Hieroglyphen eben jener verschwundenen Kindheit gewesen. Für diese Ansicht finden wir Unterstützung bei einem Kronzeugen, der in ähnlichen Fällen, wo es gilt, das kaum Wägbare manifest zu machen, stets hilfreich ist: bei Walter Benjamin. Benjamin war selber ein geradezu gieriger Sammler von Kinderbüchern, und seine Kollektion hat ihn, Hohn der Weltgeschichte, überlebt; sie befindet sich in London in Privatbesitz; ihr Schicksal war glücklicher als das ihres einstigen Besitzers. Wahrscheinlich gehört diese Sammlung zur Grundlage von Benjamins Aufsatz »Aussicht ins Kinderbuch«, wo es heißt:

»Nicht die Dinge treten dem bildernden Kind aus den Seiten heraus – im Schauen dringt es selber als Gewölk, das mit dem Farbenglanz der Bilderwelt sich sättigt, in sie ein. Es macht vor seinem ausgemalten Buche die Kunst der Taoistischen Vollendung wahr: es meistert die Trugwand der Fläche, und zwischen farbigen Geweben, bunten Verschlägen, betritt es eine Bühne, wo das Märchen lebt.« Und weiter: »In solche farbenbedingte Welt, undichte Welt, wo bei jedem Schritt sich alles verschiebt, wird das Kind als Mitspieler aufgenommen. Drapiert mit allen Farben, welche es beim Lesen und Betrachten aufgreift, steht es in einer Maskerade mitten inne und tut mit ...« Benjamins kleiner, von einem fast magisch beschwörenden Ton getragener Text gipfelt in der Aussage, der farbige Glanz, der Widerschein auf den Wangen der Kinder, über ihre Bilderbücher gebeugt, bilde den eigentlichen Zauber einer untergegangenen, spezifischen Buchkultur.

Erst aus dem Verhältnis von Kind und Bilderbuch, für welches ein aktuelles Wort wohl »Interaktion« hieße, speiste sich jener besagte Zustand unter dem blassen Stichwort »Kindheit«. Es ist nicht anzunehmen, daß der Verlust dieses innigen Miteinanders durch die Sintflut der »Comics«, durch die Trickfilme im Fernsehen, durch die gutgemeinte Pädagogik der »Sesamstraße« zu kompensieren ist. Voraussetzung für das lebendige Aufeinandereinwirken von Kinderbuch und kindlichem Leser war gar nicht die literarische oder künstlerische Qualität des Druckwerks; Voraussetzung war vor allem Muße auf der einen Seite, und auf der anderen just jene Wirklichkeitsfremdheit des Gedruckten, aus der die Anziehungskraft hervorging. Sogenannte »realistische« Kinderbücher waren die kartonierte oder leinengebundene Langweile selber. Die Verfremdung ergab die Attraktion. Man erinnere sich nur seiner eigenen Kindheit, falls diese noch in der Kinderbilderbuchepoche stattfand, um zu erkennen, wie der Umgang mit der bebilderten Lektüre ein unbekanntes, geheimes Reich eröffnete, in dem man für Stunden auf eine selig zu nennende Weise der Welt entzogen war. Und wenn ich an meine Lektüre zurückdenke, finde ich an oberster Stelle als unbestreitbaren Favoriten die Geschichten von Dr. Dolittle und seinen Tieren, deren Sprache der Doktor kannte und die man selber gern gesprochen und ausprobiert hätte. Die Menagerie des Doktors, inklusive seines Assistenten Tommy Stubbins, zeigte sich als eine Familie ohne Widerspruch und Gegensatz, wie sie jedes Kind für sich gern gehabt hätte. Welche Abenteuer erlebte man bei den Ausflügen des Doktors, wenn ihn in »Puddleby auf der Marsch« von irgendwoher ein Notruf erreichte, und die ganze Gesellschaft aufbrach zu einer freundlichen Rettungstat. Hugh Lofting, der Autor, stattete seine Bücher mit eigenen, beinahe simplen Strichzeichnungen aus, Chiffren allernotwendigster Andeutungen, die trotzdem ausreichten, die Fantasie wahrhaft zu »beflügeln«. Wie angeheimelt war man nach der Rückkehr ins Dolittle-Haus, wenn dort das Kaminfeuer angezündet wurde und alle Tiere sich um das Feuer versammelten: Meine Neigung für England stammt sicherlich daher. Ich denke, daß auch die Einfachheit der Federzeichnungen mich zu ähnlichen Versuchen ermutigte: Das Kind, so es nicht unschuldig und barbarisch selber in seinen Bilderbüchern »verschönernd« mit dem Buntstift herumfuhrwerkte, sehnte sich stets danach, es den Bildern gleichzutun, eigenhändig das Objekt der Fantasieanregung noch einmal zu reproduzieren. Abmalen, um noch tiefer in die Irrealität des Erschauten einzudringen. Wieder und wieder habe ich die Bücher Loftings gelesen, und ihr Angebot zur Flucht aus einer mehr oder minder trostlosen Umgebung fraglos akzeptiert.

Natürlich bin ich auch mit dem kleinen Hävelmann über die Dächer geflogen und habe mich sogar bei einem modernen Kunstmärchen gräßlich gefürchtet: In Oscar Wildes »Gespenst von Canterville«, jener eher komischen Spukgeschichte, habe ich die Ironie nicht begriffen: Im Vordergrund agierte für mich nicht die rabiate amerikanische Familie, die dem armen Geist das Spukleben schwermacht, sondern der Spuk selber, das urplötzliche Erscheinen einer unheimlichen Gestalt aus Wänden hervor, und ich ängstigte mich noch lange auf dem Weg durch unseren langgestreckten Berliner Korridor, weil ich jenes kettenrasselnde Skelett aus dem Buch ständig auftauchen wähnte.

Eine reine und beruhigende Augenweide hingegen und die Benjaminsche Hypothese bestätigend waren mir »Auerbachs Kinderkalender«, die ich komplett besaß und in denen ich, krank im Bett oder zumindest vorgeblich leidend, mit Vergnügen zu blättern pflegte. Die ältesten Ausgaben waren mir die liebsten, die nach dem Ersten Weltkrieg publizierten hatten nicht mehr den Zauber der angegilbten früheren Exemplare. Sie waren in knallrotes Leinen gebunden, jährlich erscheinend, und ich würde sie noch heute aus jeder Bücherwand identifizieren können. Der geschriebene Inhalt, das sagte mir mein Instinkt, war meist öde, betulich pädagogisch, zeigefingerhaft – aber die Bilder in ihrer ungewöhnlichen, möglicherweise durch das Alter veränderten, skurril gewordenen Farbigkeit boten Anlaß zu Tagträumen. Diese Farbigkeit glich keiner in der Wirklichkeit; sie hatten etwas von der Leuchtkraft der Laterna-Magica-Platten, auf denen es analog zuging, farblich und ebenso seltsam. Die Suggestionskraft dieser Bilder sog das diffuse Ich des Betrachters einfach auf; man verschmolz mit diesen im Grunde nichtigen und nichtssagenden Szenerien, ohne recht zu ahnen, was einem geschah.

Die nirgendwo sonst außerhalb der Buchdeckel existierende Friedlichkeit und Gefahrlosigkeit, das oftmals selbst im bedrohlich eingefärbten Märchenbild noch sedierend wirksame Element stieg wie der schwache Duft gepreßter und lange abgelegter Blumen aus den Seiten auf. Heute noch, nach mehr als fünfzig Jahren, sind mir solche Kalenderbilder gut erinnerlich: So etwa eine gelbsandige Dorfstraße zwischen niedrigen, strohgedeckten Katen, die teils von wildem Wein, teils von Malvenmengen versteckt und verdeckt sind, mittendrin eine dicke alte runde Frau, eine Art deutscher Babuschka, in ihrem Garten, niemanden sonst als den Betrachter erwartend... Signale eines unerreichbaren Paradieses, in welches das Kind immerhin einen Blick werfen durfte. Die Eindruckstärke der Bilder stammt, dessen bin ich ziemlich sicher, aus der Romantik. Aus all diesen bunten Hervorbringungen grüßt Herr Ludwig Richter, weht ein Luftzug aus dem Biedermeier, das, wir sind später als Erwachsene darüber aufgeklärt worden, so anheimelnd und geruhsam, so friedlich und gelassen auch nicht gewesen war. Insofern haben wir als Kinder die Bilder mißverstanden und fehlgedeutet und hinter ihnen ein Dasein vermutet, erwartet, erhofft, dem wir in einer Ausnahmesituation vielleicht einmal begegnen würden. Zwar haben wir, heranwachsend, diese Illusion allzubald aufgeben müssen, aber es ereignet sich aller Einsicht und Kenntnis zum Trotz doch das Wunder, daß wir, selbst als abgefeimte Greise und stumpf gewordene Alltagstypen, von diesen Bildern und Bildchen angerührt werden. Wahrscheinlich erwacht eine verschüttete Erwartung in uns: Die Banalität vor unseren Augen wird unverhofft zum Versprechen ungeschmälerten und preislosen Glücks, das freilich niemals eingelöst wird. Ob die nachgewachsenen Generationen mit diesen Bildern in gleicher Weise umzugehen vermögen, ist ungewiß, ist vielmehr fraglich. Das Bilderverständnis ist ein ganz anderes geworden, die optische Eindrucksfähigkeit eine völlig veränderte. Die Fantasie, die sich ohne Zwang zur Eile dem unbewegten Bild widmen und sich von ihm führen und verführen lassen konnte, unterliegt nun dem Mechanistischen der Bewegung, des Tones, der zwangsläufig hastigen Rezeption. Das Auge kommt nicht zur Ruhe, der Kopf nicht zu sich selber. Insofern waren die Märchenbücher Michael Endes ein Abgesang, deren Verfilmungen tödlich gewesen sind. Das Unternehmen, die ureigene Vorstellungswelt des Lesers, auch des halbwegs Erwachsenen, zu vereinheitlichen und im exakt und kraß entgegengesetzten Medium kommerziell aufzubereiten, galt nicht der Rettung, es galt der Abschaffung von Fantasie, die nur als individuelles Imaginationsmuster Blut und Leben hat. Auch noch in der Bilderwelt der Kinderbücher projiziert der Blick, was die Seele birgt, und das heißt: etwas jeweils Abweichendes, Divergierendes, anderes. Darum – aber auch nur darum – ähneln diese Bilder der »großen« Kunst, weil sie den Anlaß und die Folie für ein ganz persönliches Fühlen und Wünschen bieten.

Zugegeben: Die gegenwärtige Bilderflut, in jeder »Hinsicht« ein Erzeugnis visueller Gewalttätigkeit und optischer Intransigenz, eine auf Horror und Dissonanz gegründete Vorführung, mag das Kind möglicherweise besser und nachdrücklicher auf den Horror und die Dissonanz seiner künftigen Existenz einstimmen, aber dabei entsteht ein bleibender Mangel. Es vergeht unwiederbringlich jene Ahnung von einem Utopia, dessen Vor-Schein Ernst Bloch selbst in der Trivialliteratur zu erkennen meinte: den Schimmer einer Heimat, in der noch keiner von uns je gewesen ist. Und obgleich ich alles andere als ein Freund des »Prinzips Hoffnung« bin, so meine ich doch, daß ohne die durch solchen naiven Orbis pictus geschaffenen Ein-Bildungen sich selbständige Imagination kaum zu entfalten vermag. Der vorgekaute Bildersalat, die unbekömmliche Halbgötterspeise der Moderne, führt allerhöchstens zu geistigen Magengeschwüren, um mal mit einer falschen Metapher etwas Richtiges zu sagen.

Winterabend

Der Blick aus einem der Fenster meiner Kindheit richtet sich hinunter auf die Straße, deren Namen ich noch kenne, auch wenn er schon lange nicht mehr auf den Schildern an ihren Ecken steht: Weißenburger. Und die Stunde des Hinausschauens heißt: »Früher Winterabend« – eine Phase bezeichnend, scheinbar unendlich länger als der gesamte Tag, zu dessen Nachmittagsstunde sie sich bereits anzeigt.

Im Zimmer brennt kein Licht, ohne daß ich den Grund dafür wüßte. Mir ist, ich sei allein in der Wohnung. Die einzige Helligkeit kommt von draußen und sammelt sich drinnen als matter Widerschein an der Decke. Von einer Zimmerecke her spüre ich die Wärme des Ofens im Rücken. Es schneit schwere, senkrecht sinkende Flocken, aus denen die Gaslaterne auf dem Bürgersteig gegenüber einen in sich bewegten Kegel schafft. In ihrem Leuchten, das um den Eisensockel eine weiße Kreisfläche legt, blinken die Flocken auf, während sie außerhalb des Scheins kaum zu bemerken sind. Es hat den Anschein, als falle der Schnee aus der Laternenkuppel wie aus einer Düse sich verbreiternd zu Boden. Ein glanzvoller Anblick ohne Anfang und Ende, durch die Einheit von Reglosigkeit und Bewegung hypnotisch wirkend: die geglückte Übersetzung des Begriffs »Ewigkeit« ins Optische. Aber sie hält nicht vor. Denn mein Großvater, aus dessen Fenster ich ja sehe, wird in einigen Monaten nach Theresienstadt deportiert werden, der Durchgangsstation zu den Gaskammern. Das Haus selber, in dessen zweitem Stockwerk ich mich aufhalte, trifft eine Bombe und fällt in sich zusammen, wie so viele Häuser der Weißenburger Straße. Auch die Gaslaternen werden verschwinden; nur die Winterabende kommen wieder, später, an anderer Stelle, vor meinen anderen Augen, aber mit dem Schnee von gestern.

Berliner Gehäuse

Wann immer und aus welchen Gründen auch immer ich jene ärmlichen Wohnungen betrat, in die man oftmals anstatt durch einen Flur durch eine vorgebaute Küche gelangte, fand ich mich durch einen solchen Besuch im Innersten meines Wesens angerührt. Kaum eingetreten, lebte ich mich schon nach dem ersten Rundblick in das fremde Leben ein, das sich auf eine nahezu botanische Weise begeben zu haben schien. Das wollten mir die Wände, die Einrichtungsgegenstände, der wirr verteilte und wertlose Kram rundherum bestätigen: durch Spuren, die weniger von Entwicklung und persönlichem Progreß zeugten als von statischem Verfall, Alterung, Austrocknung, vom Absterben, so daß mir recht natürlich, nämlich naturhaft, vorkam, was sich mir abseits des Durchschnittsstandards darbot. Die Zeichen des Gewesenen und Gestrigen allein konnten jedoch diesen Eindruck nicht hervorrufen; es mußte, abgesehen von den Menschen, denen ich in derartiger Umgebung begegnete, etwas durchaus Organisches die alltäglichen Erscheinungen und Dinge prägen, daß sie diese Überlegungen hervorzurufen vermochten.

Meist entsprach den alten Leuten ihr Gehäuse aufs Erstaunlichste. Ich erinnere mich an herbstlich abblätternde Tapeten und offenliegendes, vergilbtes Schilf an den Stubendecken, als wären auch hier drinnen, obgleich mit Verspätung, die Jahreszeiten wirksam. Dazu Geschirr in unterschiedlichen Stadien des Verbrauchtseins: Die Tassen und Teller mochten unmittelbar dem verfärbten Wachstisch der geblümten Tischdecke in einem zähen und mühseligen Prozeß entsprossen sein –

ich konnte den Blick nicht abwenden und erkannte mich selber in dem Gegenüber, das hier hauste.

Häufig wuchtete ein altertümliches Bett aus einer Ecke hervor oder war dabei, sich unauffällig neben einer Anrichte in die Wand zurückzuziehen, überlagert von fremdartigen Steppdecken in düsteren Farben, lila oder karmesin, sehr wahrscheinlich mit dunkelgrauer Baumwolle gefüllt, deren Konsistenz sich durch lebenslängliche Gemeinschaft mit ihrem Benutzer verändert hatte. Von den Gesichtern, in die ich hineinsprach, hat sich in meinem Gedächtnis nichts erhalten außer dem Grad ihres Alters. Nichts von Meinungen und Ansichten, nichts von den Ergebnissen solcher seltsamen Treffen: nur diese Höhlen, in denen ich mich sofort angewidert heimisch fühlte, als hätte ich selber seit eh und je darin gewohnt, eingetopft wie eine Zimmerlinde, abgetrennt von jedem Klimawechsel, dumpf zufrieden. Diese Behausungen könnte ich exakt beschreiben: vom gravierten Namensschild aus Messing über dem Klingelknopf bis zu dem emaillierten, mit einer Holzklappe versehenen und über dem Küchenausguß angebrachten Soda-Behälter, dessen Dekor, die blaue Blume einer ungeheuerlichen und gänzlich gegensätzlichen Romantik, längst angeschlagen und teilweise abgesplittert war.

Mein immaterieller Leib ruhte unter dem falschen Gobelin mit dem stumm schreienden Hirsch oder unter bräunlichen Fotografien auf einem Katafalk aus Vergangenheit und Nußbaumholz. Ich hockte an wackligen, ehedem weiß lackierten Tischen mit den schwarz gestrichenen unteren Beinstümpfen und schaute auf Gläser, deren Oberfläche nicht einmal mehr den Raum widerspiegelte. Und wenn ich den Kopf hob und durch eines der befleckten Fenster sah, erblickte ich immer bloß einen beengten Ausschnitt der gegenüber befindlichen Fassade und ein paar Fenster in gleicher Höhe, hinter denen ein Duplikat des »Hier« zu vermuten war. Und trotz der Überzeugung, das Gegenüber sei mit dem Ort meines augenblicklichen Aufenthaltes gleichzusetzen, empfand ich doch eine unbegreifliche Verlockung, hinüberzugehen und in dieselbe Schäbigkeit einzutauchen und aufs neue in eine Existenz, die keinen anderen Sinn hatte als nur diesen.

Beobachtung

Was erwarte ich von dem Blick durch die Fenster jener Häuser, an denen mich der Zufall vorbeiführt? Die Lösung des Rätsels. Aber was sehe ich statt dessen? Einen Mann, der in einer Zeitung blättert; der einen Löffel in den Mund steckt, die Augen blind für alles außer dem Teller; der sich die Nase putzt und noch sorgfältig das geringste Krümelchen aus ihr entfernt, als käme es gerade darauf an, und weil er vergessen hat, daß er Gottes Ebenbild darstellt; der die Hose aufgeknöpft hat, um mit hastigen Handgriffen für wenige Minuten die Leere der Zeit mit etwas Sekret zu füllen, ohne dieser selbstgestellten Aufgabe gerecht zu werden, denn die Dimension der Zeit ist unausfüllbar; der mit irgendwem oder bloß mit sich selber spricht und die Lippen mechanisch bewegt wie ein Apparat, der ihm längst eingesetzt wurde, in einem jener Augenblicke geistiger Abwesenheit, entweder beim Zeitunglesen oder Nasebohren, beim Essen oder Selbstbefriedigen oder bei sonst einem Vorgang, durch den er der Operation nicht gewahr wurde. Nun befindet er sich in einem Raum hinter Glas, durch das ich hineinschaue, ohne daß mir klar würde, unser gegenwärtiges Verhältnis könnte sich umkehren und er mich in zwei, drei Stunden bei einer meiner Lieblingsbeschäftigungen beobachten, ohne sie jedoch als die ihm eigenen zu erkennen.

Ein Gesandter

Ein merkwürdiger und geheimnisvoller Mann, und nur darum merkwürdig und geheimnisvoll, weil ich ihm immer aufs neue in Berlin begegne, ohne mit ihm verabredet zu sein. Das Zusammentreffen scheint jeweils zufällig, doch da sich seit Jahren, fast Jahrzehnten diese Zufälle wiederholen, halte ich sie für keine mehr. Es geschieht, daß ich den Laden eines Trödlers betrete, mit dem Inhaber ein paar Worte wechsle, und schon kommt er, den ich hier nie erwartet hätte, hinter einem Regal hervor oder aus einem Nebenraum, um mich herzlich zu begrüßen. Er hat mich vom ersten Augenblick an geduzt, ohne mir seinen Namen genannt zu haben oder gar den Grund seiner so innigen Beziehung zu mir, von der ich nicht das geringste ahnte. Auch auf der Straße trat er mir schon in den Weg, ein freundliches Lächeln auf dem fast jugendlichen Gesicht, das kontrastierend von einem greisenhaft weißen, wilden Haarschopf und einem entsprechenden Vollbart gerahmt wird.

Freilich bleibt es immer bei einem flüchtigen Miteinander, bei kurzen Gesprächen über Bücher, über Autoren, und meist bin ich es, der zuerst die Hand zum Abschied ausstreckt. Anschließend frage ich mich, ob es außer mir noch andere Menschen gibt, die einen derart seltsamen Lebensbegleiter besitzen, von dem sie nicht wissen, um wen es sich handelt. Metaphysischerweise müßte ich von einem persönlichen Schutzengel sprechen, mir für Berlinbesuche attachiert, oder literarischerweise von einem Boten, den Kafkaschen ähnlich, der mir, während wir uns unterhalten, ständig eine wichtige Nachricht übermittelt, die mir jedoch verschlossen bleibt, da sie nicht als solche deklariert ist und ich den Schlüssel sowieso nicht kenne.

Friedfertig, unschuldig von Aussehen, bekundet er mir eine unverständliche Zuneigung, aus der ich auf seinen höheren Auftrag, riskant gesagt, zu schließen wage. Nie habe ich ihn nach seinem Namen gefragt, nie nach seinem Beruf, seinen Lebensumständen, um den Zauber nicht zu brechen, der ihn, zumindest in meinen Augen, umgibt. Jede Neugier ihm gegenüber, die er aus Sympathie für mich gewiß auch befriedigen würde, hätte zur Folge, daß aus einem Gesandten von Irgendwo, vielleicht aus dem Hintergrund eines Tagtraumes, ein seiner rätselhaften Mission beraubter Mensch würde: eine Mission, von der er selber keine Kenntnis hat und die ihn mir stets erneut zutreibt. Eine Mission, die nur so lange wirksam ist, wie es mir gelingt, die Fremdheit ihres Trägers zu bewahren, in einem Spiel zwischen Realität und Fantasie, das mehr als ein Spiel ist.

Heimat

Es widerspricht nicht allein dem uralten Gebot der Bescheidenheit, auch im literarischen Bereich trifft es der Bann. Was denn wohl? *Ich* zu behaupten, *Ich* zu schreiben. Und zwar ohne vordem eine Legitimation für solche einsilbige Subjektivität geliefert zu haben. Mit »Ich« beginnen Geständnisse und Bekenntnisse. Das Entblößerische eines derart unverfrorenen Daherkommens zwingt den Leser oder Zuhörer in eine Intimität hinein, die ihm peinlich sein muß. Jemand, der als erstes sein Ich in die Waagschale wirft, hat wohl kaum mehr zu bieten als dieses. Dennoch: Auch ich hebe auf diese fatale Weise an. Wohl weil, was ich anmerken will, eben den besagten Geständnischarakter besitzt, und so will ich es ungesäumt aussprechen: Ich gestehe. Ich bekenne. Ich gebe zu, viele meiner Texte aus keinem anderen Grunde verfertigt zu haben, als für diese kurze Weile des Schreibvorganges andernorts zu sein, abwesend von den äußeren Umständen meiner Existenz. Ich »räume ein«, ich habe mich in Niederschriften geflüchtet. Ich bin, zumindest stundenweise, aus meinem Dasein desertiert, aus einem zeitweilig selbstzerstörerischen Getümmel, aus einem entnervenden Nahkampf. Ich habe mich in Sätze zurückgezogen wie in einen unterirdischen Bau, um Atem zu holen, auszuruhen. Die Wortfolgen haben die Aufregung gestillt. Aber es waren viele Worte nötig. »Puppenkopf« war, wie mir einfällt, eines von zahllosen. Vor allem jedoch die Beschreibung eines alten zerfallenden Hauses tat mir gut, die kurzfristige Erlösung trat ein, wenn mich die magische Kraft einer aufs Gegenständliche gerichteten Wörtlichkeit erfüllte, wenn die angerufene Sache mir so deutlich erschien, als sei sie berührbar. Ich, ja, kein anderer als ich, wie ich merkte, betrat bereits mit den ersten flüchtigen Silben eines der besagten Gebäude, hörte das Holz der Stufen schon nach den ersten Schritten knarren und strich mit der Handfläche über den von vielen anderen Händen polierten Schwung des Geländers. Der graugrüne Ölfarbanstrich der Wände beruhigte mein Ich, das Zeile für Zeile im Treppenhaus emporstieg. Manchmal hielt ich genußvoll inne, um rückwärtsblickend durch ein Aufgangsfenster zu schauen, durch das verstaubte, verträmte Glas, hinter dem nur der ebenfalls vergraute Hinterhof lag oder bestenfalls eine uralte Kastanie stand, einen Arm (hätte ich fast gesagt) von sich gestreckt, entlaubt oder begrünt, das spielte keine Rolle, und ich meinte den Modergeruch wieder zu spüren, der in den ärmlichen Altbauten obligatorisch ist wie der Kohldunst, eine Duftmischung, als ströme ein lebendes Wesen seinen natürlichen Geruch aus. Hinter allen Türen stille Lautlosigkeit, keine Synonyme, sondern beides die Spiegelseiten der völligen Leere, der absoluten Einsamkeit. Wenn ich jedoch wollte, durfte ich hinter diesen rätselhaften Entrees jene vermuten, die auf bestialische Weise verschollen waren oder deren Wege sich bloß durch eine unwillentliche Bewegung von dem meinen getrennt hatten. Wieder und wieder stieg ich in derartigen Häusern aufwärts, selten abwärts, weil die Bewegung der Hoffnung immer eine aufsteigende Linie zeigt. Mein Ich betrat übrigens nie eine der Wohnungen, das Treppenhaus selber reichte meiner Imagination aus. Es genügte das Alleinsein von Stockwerk zu Stockwerk und dazwischen die kurzen Pausen – mehr wäre wahrscheinlich zuviel gewesen.

Würde man mich heute fragen, wozu ein derartiges

Eingedenken, das ja auf nichts Faktischem beruht, wohl gut wäre, ich wüßte kaum eine befriedigende Antwort. Ich müßte mich mit einer Gegenfrage aus der Affäre ziehen: Wo sonst kann man denn eigentlich leben außer in Wörtern und Sätzen, die den immer unbetretbaren Ort benennen?

Traumleben

Daß Träume Schäume seien, gehört zu den fragwürdigen Weisheiten der Aufklärung und eines auf Erwerb und Erfolg ausgerichteten Denkens, dem, was nicht in der Kasse klingelt oder das Prestige hebt, nichts gilt. *Auch* keine besondere Neuigkeit übrigens. Seine frühere, existentielle Bedeutung hat der Traum nie wieder gewinnen können und wird diese auch vermutlich kaum erneut erlangen. Unsere Tage sind eintönig geworden, unser Dasein ereignislos und unsere Fantasie längst vom Fernsehen okkupiert – das haben wir uns nicht träumen lassen, und schon gar nicht, daß eines Tages der Traum als Bestandteil des Lebens genauso gefährdet, genauso vom Aussterben bedroht sein könnte wie eine bis dato weitverbreitete botanische oder zoologische Spezies.

Einst – und auch davon spricht die Literatur fernster Epochen – war der Traum nicht vom bewußten Leben geschieden, noch nicht verbannt in die Stunden der Nacht, negiert als überflüssiges Gespenst, das einen höchstens manchmal mit unangenehmen Bildern und peinlichen Empfindungen behelligte. Wir ahnen nicht einmal mehr, welchen umfassenden Einfluß der Traum auf den Alltag des Träumers gehabt hat. Zwar kramen wir namens der Archäologie in den Artefakten menschheitlicher Hinterlassenschaften, bewundern einiges, belächeln das meiste, doch sind wir uns völlig darüber im unklaren, daß diese unsere Vorläufer uns etwas voraushatten: ein ungeteiltes Sein, in dem Imagination und Überlegung, Vision und Aktivität, eben Traum und Tat, um es etwas emphatisch auszudrücken, zusammengehörten.

Wenn wir uns zurücktasten ins Dunkel von Vor- und Frühgeschichte, in jene bergende und bedenkliche Finsternis, in welcher Religiosität geboren wurde, dann dürfen wir sicher sein, daß diese Geburt ohne die Befruchtung durch den Traum nie stattgehabt hätte.

Die nächtliche Rückkehr der Toten im Traum ließ ja keine andere Interpretation zu, als daß es ein Fortleben gäbe, da die Abgeschiedenen ihre in Schlummer gesunkenen Nachgeborenen aufzusuchen vermochten, um mit ihnen erneut in Verbindung zu treten. Der Unbegreiflichkeit des Todes widersprach die eindeutige, wenn auch nur unter bestimmten Bedingungen mögliche Wiederkehr des Toten und tröstete über sein fleischliches Verschwinden hinweg. Er war ja nur in einen anderen Status übergewechselt. Alle Jenseitsvorstellungen sind nur aufgrund des Traumes verständlich: ohne ihn gäbe es nicht die vielfältigen Schattenreiche unterschiedlichster Glaubensrichtungen.

Aber nicht allein der Kontakt zu den Toten verlieh dem Traum seinen außerordentlichen metaphysischen und religionsstiftenden Wert, auch in die Praxis des Alltags griff er schicksalsbestimmend ein. Erinnert sei nur an die Heilkunst der Antike, da die Kranken sich ins nächste Asklepaion begaben, jener dem Äskulap geweihten Tempelanlage, welche sich der Rekonstruktion zufolge als ein recht komplexes Klinikum erwies, um dort auf besondere Weise, ich scheue nicht zu sagen: psychosomatisch, behandelt zu werden. Denn der Patient war gehalten, sich im Traum vom Gotte selber die Diagnose stellen zu lassen, wonach dann anschließend Priester, Heilkundige offenbar, durch Deutung des Traumes die Behandlung vornahmen. Wahrscheinlich eine zwiefach wirksame Methode, da der Gott selber den Patienten beriet und sein irdischer Stellvertreter die Therapie vollzog: Vor einem derartigen Aufgebot an medizinischen Autoritäten mußte jede Krankheit die Flucht ergreifen.

Oder die Träume der Herrscher, die ihnen als gutes oder böses Omen galten und somit über Krieg und Frieden entschieden, über Schlachten und Niederlagen, also über die Geschicke ganzer Völker. Mag uns das heute kindlich vorkommen, gar infantil, politische oder militärische Entschlüsse von der Gestalt eines Traumes abhängig zu machen, schlechter oder dümmer als die sogenannten Vernunftentscheidungen unseres Jahrhunderts waren sie nach eingehender Betrachtung des letzteren wohl auch nicht, obschon es sich stolz das »Jahrhundert der Vernunft» genannt hat.

Freilich, es geht gar nicht um die Rehabilitierung der Vergangenheit, nur eben um eine Verlustanzeige. Natürlich weiß ich selber, daß das Träumen auch lebensgefährlich im konkreten Sinne werden konnte. Jeder angenehme oder erregende Traum einer Frau von einer »Buhlschaft« mochte vom späten Mittelalter an auf dem Scheiterhaufen enden; in einer Atmosphäre von Hexenglauben und Hexenwahn träumte es sich nur allzuleicht von der persönlichen Begegnung mit dem Gottseibeiuns – noch dazu, da man ihn in jeder Kirche an die Wand gemalt bekommen hatte. Ja, ich frage mich ernsthaft, ob die bildnerischen Ungeheuer und Teufel wie auch die Heiligen und Engel im Sakralraum nicht extra dazu hervorgebracht worden waren, um sich im Traum der Gläubigen zu reproduzieren, sozusagen als »geplanter Nachtmahr« einerseits und »Vision vom Paradies« andererseits. Denn die Ausssagen der unter der Folter geständigen Frauen beschreiben den Teufel immer nach den Mustern der Kirchenmalerei, nicht etwa nach eigenen, unabhängigen Vorstellungen. Und wenn man bereit ist, eine Verbindung von Sakralkunst und Traum zu akzeptieren, dann ließe sich der protestantische Bildersturm außerdem auch als der Aufstand eines mehr aufs Diesseits gerichteten Intellekts gegen die Traumverlorenheit des Menschen erklären – jenes Menschen, von dem es selbst noch bei Shakespeare heißt, er sei »der Stoff, aus dem die Träume sind«. Doch nur zu bald weicht vor den Mächten der Naturwissenschaft und Technik der Traum zurück und wird als reiner Automatismus des ausruhenden Gehirns denunziert und dingfest gemacht. Aus der Traum! – hieß das Verdikt der Wissenschaft, und so muß es einem fast wie eine Ehrenrettung vorkommen, daß, entgegen der letzten Ernüchterung und der Reduktion des Homo sapiens auf seine bedingten Reflexe, ein Mann wie Sigmund Freud dem Traum wieder zu seinem Recht verhalf, wenn auch zu einem verminderten. Gegen den platten gesellschaftlichen Realismus des späten 19. Jahrhunderts unternahm Freud, so könnte man meinen, den ihm selbst unbewußten Versuch, das Traumleben des Menschen vor dem dampfenden Fortschritt zu bewahren. Aber der Traum als Prophezeiung, als Vorwegnahme persönlicher Hoffnungen und Befürchtungen, als bildhafte und entschlüsselnswerte Weissagung gehörte schon dem geschichtlichen Gestern an. Nur mittels einer der Wissenschaftshörigkeit der Epoche entgegenkommenden Theorie war Traumgeschehen als signifikantes Element unseres Daseins fernerhin akzeptabel, obschon um wesentliche Potenzen geschwächt. Hatte vordem der Traum unmittelbar zum Träumenden gesprochen, wie wohl noch heute bei den sogenannten »Primitiven«, oder verlangte er nach Erläuterung durch den dafür zuständigen »Erklärer«, so benötigte er nach

Freud als Dolmetsch den Psychoanalytiker, da das metaphorische Verständnis grundlegend gewandelt war. Im Kontext welthaltiger Symbole bedeutete einstmals der Traum von, beispielsweise, einem Adler, der ein Lamm entführt, einen sinnbildlichen Hinweis, fast eine Art piktogrammatisches Signal für das persönliche Verhalten in der Umwelt: entweder eine Warnung oder einen Rat: sich zu hüten oder zuzuschlagen. Heutzutage würde die Übersetzung nur auf einen versteckten sexuellen Komplex des Träumers bezogen werden, auf ein ihm selber unbekanntes, zumindest ungewisses seelisches Leiden, welches sich direkt nicht auszudrücken wagt und nur durch eine Art Rebus von sich Kunde gibt. So ist zwar der Traum als ein Essential erhalten worden, doch einzig in der Rolle eines Symptoms. Das heißt: Nicht der Traum bestimmt die Handlungen und Unterlassungen des Menschen, sondern wird nur noch geträumt, um als Anzeichen zu fungieren, was wiederum heißt: daß erst sein Verschwinden seine Aufgabe erfüllt – dann nämlich, wenn sein Ursprung wegkuriert worden ist.

Die Verarmung ist eindeutig. Wir sind vermutlich von der Sintflut äußerer Eindrücke derart abgestumpft, daß keiner von ihnen mehr genug Kraft gewinnt, Traum zu werden. Unsere Imaginationsfähigkeit, von den Massenmedien in aller Unschuld konditioniert und kanalisiert, ist schwach geworden und zur Bildung eindrucksvoller, lebensbestimmender Träume unfähig. Im Entwicklungsgang des Erdenbürgers, der ein Gang von der Innerlichkeit zur Veräußerlichung gewesen ist, wurde der nach innen gerichtete Blick stumpf, und zwar durch nichts anderes als das, was die Realität dem sich wach wähnenden Schlafwandler permanent in die Augen streut.

Morpheus doppelgesichtig

Immer kehren kontinuierlich zwei scheinbar gegensätzliche Träume wieder und wieder. Der eine alptraumhaft, der andere mir eher freundlich gesonnen. Aber beide tragen die Signets meiner unerheblichen Biographie. Zuerst der weniger bedrückende: Der führt mich umstandslos und umweglos in Trödelläden, auch in Antiquitätengeschäfte, wo eine unterschiedliche Anzahl alten Blechspielzeugs mich erwartet. Eigentümlicherweise kaufe ich nie etwas, denn entweder ist mir der Preis zu hoch oder der Gegenstand, den ich mir leisten dürfte, viel zu schäbig. Daher trage ich nichts weiter als das Aussehen sehnsüchtig betasteter Schätze mit mir in den Tag hinüber. Denn ich erinnere mich nach dem Erwachen sehr genau der einzelnen Stücke, an die äußeren Umstände, an das Schwanken zwischen Besitzgier und Verzicht – was wohl kaum etwas anderes bedeutet als die nächtliche, aber ambivalente Suche nach der verlorenen, unwiederbringlichen und unverwundenen Kindheit, an welche ich wisssend, ach, nur zu wissend gefesselt bin. Freilich nicht auf prometheische Art, da ich ja dabei keineswegs leide, vielmehr im Gegenteil durch die nächtlichen Blech-Epiphanien den Kontakt zu einem vergangenen Gestern herstelle, das selber so traumhaft gar nicht gewesen ist.

Das Grundmotiv des anderen Gespinstes, eine Nachtmahr-Repetition, besteht darin, daß ich mich in Berlin aufhalte, stets am Rande der Dämmerung, zwischen gewaltigen, fast archaischen Ruinen und primitiven Verkaufsbuden nahe der Sektorengrenze, als sei die Zeit lange vor anno 1961 stehengeblieben. Doch die Grenze ist schon abgeriegelt. Auf dem Wege von West gen Ost steigt mein Unbehagen, da ich nicht weiß, was mich erwartet, während ich mich dem Kontrollpunkt unaufhaltsam nähere, den diffusen Figuren von Soldaten, von Wachmannschaften. Doch ehe ich sie erreiche, weckt mich jene gütige Fee, die mich auch in einer anderen, noch unangenehmeren Lage vor dem Ärgsten bewahrt. Dann nämlich, wenn ich, aus der konträren Richtung kommend, die Grenze nach Westen überqueren will. Unvermittelt befinde ich mich in der Kontrollstelle selber, inmitten vieler Leute und großer Geschäftigkeit, und suche in allen Taschen nach meinem Paß, wobei mir glutheiß klar wird, daß er mir abhanden gekommen ist, so daß ich nicht hinausgelangen kann. Ja: vermutlich nimmermehr in meinem Leben!

Aber bevor die Verzweiflung einsetzt und die fehlende bittere Erfahrung nachgeholt werden kann, schlage ich die Augen auf, um trotz der Finsternis zu erkennen, wo ich mich wirklich befinde. Noch Stunden danach sind diese Bildsequenzen, in denen ich die Hauptrolle zu spielen gezwungen bin, nicht verflogen. Weil sie mehr sind als »Schäume«, nämlich die ständig auf dem Programm bleibende »Verfilmung eines Traumas«.

Traumbesorgnis

Ein anderer Traum, von Zeit zu Zeit wiederkehrend, besteht darin, daß ich mich in einer großen, meist altberliner Wohnung von nicht auszumachenden Dimensionen aufhalte. Bestenfalls weiß ich über Eingangsflur, Küche und Bad Bescheid, manchmal noch über ein oder zwei daran anschließende Zimmer, jenseits derer es jedoch in unerahnbare Tiefen des Gebäudes weitergeht. Allein: die Tür dieses letzten, mir zugänglichen Raumes, hinter dem der unbetretene, unheimliche Bereich beginnt, ist verschlossen. Zwar besitze ich den Schlüssel, könnte also ohne weiteres das Unbekannte erkunden, wenn nicht, ja, wenn nicht meine entsetzliche Neugier, vielleicht auf Grausiges aus, von namenloser Furcht konterkariert würde. Nicht die ungewisse Anzahl der Zimmer innerhalb meiner eigenen Wohnung und daß ich mich in ihnen hoffnungslos und rückkehrlos verirren müßte, ängstigt mich. Es ist etwas ganz anderes, das mich vom Öffnen der letzten Tür abhält. Ich spüre, daß die versperrten Zimmer keineswegs leerstehen, Möbel, Betten, wie eben noch benutzt, Sessel, Schränke, Trödel, Kram, Tassen auf dem Tisch, herabgefallene Bücher, ein unheilbares Durcheinander wartet auf mich. Und weiter nichts? Das allein dürfte doch nicht die starke Hemmung vorm Eintreten bewirken. Es muß da noch etwas sein, was anzusehen ich nicht ertrüge. Fürchte ich mumifizierte Gestalten, fremd und gut bekannt zugleich? Die mich erwarten, um ihr Schicksal mit meinem wieder zu vereinen? Das Numinose schlechthin harrt hinter der Tür und macht durch den erregten Zwiespalt meines Empfindens auf sich aufmerksam. Es lädt mich zu sich ein und stößt mich ab: das Unbekannte. Mir fehlt im Traum immer aufs neue der Mut, den Schlüssel ins Schloß zu schieben, die Klinke niederzudrücken, um endlich, endlich zu erfahren, wovor ich bisher zurückschreckte.

Ob ich manche Nacht eine überhaupt unentschlüsselbare Botschaft aus dem unruhigen lymbischen System erhalte oder ob sich eine verkapselte Erinnerung an allerfrüheste Kindheitseindrücke meldet und enträtselt werden will, läßt sich nicht entscheiden. Nicht einmal das ist annähernd klar. Und auch nicht zur Klärung oder Aufhellung dieses düster anziehenden Traumes soll seine Beschreibung dienen, sondern nur zu der Feststellung, wie wenig eine langjährige Bekanntschaft mit dem eigenen Ich zu dessen Kenntnis beiträgt.

Trip ins Unbewußte

Um es gleich anzumerken: Das Wegziel war höchst eigenartig, ja schaurig, obwohl es zu erreichen mich nicht ängstigte. Mir träumte nämlich, ich sei unterwegs zum Leichenschauhaus, wo man, unter vielen anderen, einen Toten zur Ansicht bereithalte, der meinen Namen trüge und einen identischen Personalausweis mit gleicher Nummer wie der meinen besäße. Es konnte sich also nur um mich selber handeln – das war mir klar, da ich in das Gebäude eingetreten war und nun durch einen langen, matt beleuchteten Korridor ging. Aber zugleich war ich auch ich und außerdem am Leben, da ich zu dem toten Ich zwecks einer Inaugenscheinnahme zu gehen vermochte. Meine Empfindung war Neugier, verbunden mit einem gewissen sachlichen Interesse. Auch schien mir das Vorhaben ganz selbstverständlich; wie ein durchaus normaler Vorgang. Und keineswegs wie der Abstieg in die Unterwelt meines Selbst, wo ich als mein eigener verstorbener Doppelgänger meiner harrte, um angesichts meiner aufgebahrten Person etwas Ungewußtes, Außerordentliches und Unerwartetes zu erfahren; etwas wie Wahrheit über mich selber vielleicht.

Wie so oft in Träumen kamen die Schritte nicht recht voran, verzögerten sich, als träten die Füße auf der Stelle, magnetisch am Flurboden haftend und nur mühsam abhebbar. Dennoch näherte ich mich unaufhaltsam dem Leichensaal, in dem ich, wie ich von schattenhaften Gestalten erfuhr, schon zur Besichtigung parat lag. Doch noch ehe ich die breite Tür durchschreiten konnte, wurde ich geweckt, so daß ich meinen Anblick versäumte. Welche Enttäuschung, da ich den allerwichtigsten Moment verpaßt hatte und mir im übrigen schon gewiß war, daß dieser Traum, der als bedeutsame Botschaft an mich gerichtet gewesen, niemals wiederkehren könnte.

»Das hölzerne Schiff«

An Bord gekommen wie durch einen Traum oder überhaupt in einem Traum. Ungenaues Erinnern sowohl der Räumlichkeiten, nur aus Hilflosigkeit »Kajüten« benennbar, wie auch der Beleuchtung: ein mattes, kränklich wirkendes Licht ohne ersichtliche Quelle, verwandt dem alter Filme, entwirklicht durch die beginnende Auflösung des Materials. Ohnehin ähnelt jeder Traum einem Film, schon seiner vom träumenden Ich abgelösten Erscheinung halber, so daß sich oft nur passive Teilhabe an den Bilderströmen des eigenen Gehirns ergibt. Schmale Gänge, enge Kammern – mehr verblieb nicht in meinem Gedächtnis von Hans Henny Jahnns merkwürdiger Erzählung und meinen Eindrücken von letzterer in jener Phase suspendierter Selbstkontrolle. Aber was diese Gänge, eher Kavernen, weil durch den ganzen Rumpf der Holzkonstruktion ungewiß verlaufend, in mir für Gefühle hervorriefen, was für ein durchdringendes, dennoch nur ahnungsvolles Wissen von meinem Existieren – das kann für andere weder einsehbar noch nachvollziehbar gemacht werden. Allein schon die fast säugetierhafte Wärme mich umgebender Bohlen, Balken, Bretter, Dielen, Paneele und Verschalungen entzieht sich zwar nicht dem Beschriebenwerden, wohl aber der Vermittlung. Dazu überall die schwunghaften Linien der Maserung, manchmal zu gewundenen Ovalen geschlossen: Chiffren die Fülle, unleserlich, unverständlich, ein fremdes Alphabet. Rings um mich und weit hinein in die hölzernen Wände klafften offene Fächer, wie Kojen, doch ohne rückwärtige Begrenzung, so daß man meinen mochte, es handele sich um dunkle, rechteckige Eingänge in ein unausdenkliches Irgendwo. Wohin man da geraten mochte, schien bedrohlich. Nur Kriechen oder Robben war in diesen verwinkelten, endlosen Schächten möglich, welche vermutlich keinen Abschluß, keinen Endpunkt aufweisen würden.

Mir wurde beim Anblick der düsteren Einstiege klar, daß dieses Gangsystem das ganze Fahrzeug durchziehen mußte, ja, die eigentlichen Verbindungen innerhalb des Schiffes darstellte – obschon ausschließlich für jene, die als blinde Passagiere an Bord weilten. Ob ich nun selber einer sei, wußte ich aber nicht.

Nach meinem Eintritt in eine Kajüte, mit der erst das Erinnern beginnt und alles Vorangegangene, etwa wie ich an Bord kam, ausblendet, merkte ich sofort, daß ich verdammt war, mich bald durch die hölzernen Windungen schieben zu müssen. Bereits jetzt ängstigte ich mich davor, irgendwo im Riesenrumpf steckenzubleiben oder, noch schlimmer, mich langsam einer unausweichlichen Begegnung entgegenzuarbeiten – mit wem oder mit was, ließ sich nicht ausdenken. Doch mir schwante schon die Panik dieses Augenblicks. Trotzdem nahm ich Quartier in dieser Kammer, vielmehr in einer großen, sorgfältig getischlerten Kiste oder Lade. Das Quartiernehmen erstreckte sich jedoch in meinem Gedächtnis kaum über das Eintreten hinaus. Eigentlich bestand der Vorgang nur aus der winzigen Zeitspanne, da ich den Fuß über die Schwelle setzte und alle Kenntnis der Umstände, in die ich da geraten war, in mir aufleuchtete. Im Nu wußte ich über das Schiff Bescheid, obschon kein Schwanken des Bodens, keine wiegende Bewegung, kein Knarren der Taue mich unterrichtet hatten, wo ich mich aufhielt. Ich wußte Bescheid über das Vorhandensein geheimer Gänge, über Passagiere, die mir fremd und doch zugleich bekannt vorkommen würden, sobald ich sie träfe, falls ich sie überhaupt zu Gesicht bekäme – unsicher, ob ich das nun bedauern oder aufatmend begrüßen sollte. Wie keinmal vorher wurde ich mir in der dunkelbraun gebeizten Enge meines Lebensgrundes bewußt, ohne ihn benennen zu können.

Ich habe Jahnns Buch schon vor Jahrzehnten gelesen und beiseite gelegt, um seine Vision zu übernehmen und sie, nach meinem Ebenbild umgeformt, zu reproduzieren und nie mehr zu vergessen.

Im Untergrund

Zumindest in lange nachwirkenden Träumen wäre eine Welt glaubhaft, aus nichts anderem bestehend als aus einem riesigen und unübersichtlichen Untergrundbahnsystem, ähnlich jenem, über dem die Stadt London lagert. Röhren, nur Röhren, in unregelmäßigen Abständen zu in sich verschachtelten Knotenpunkten ausartend, durchzögen einen fremd gewordenen Planeten, von dessen Oberfläche man gerade noch wüßte, daß da und dort Ein- und Ausgänge vorhanden seien. Gleichfalls prognostizierbar eine selbstgenießerische Geduld beim Warten auf Züge, in denen man umherfährt, zu Bahnhöfen, wo man mit irgendwem irgendwelche belanglosen Worte wechseln würde: möglicherweise über Abfahrtszeiten, Streckenführungen, Zugfolgen.

Ständig wäre man unterwegs oder säße geruhsam auf einem der tief in die Erde gebetteten Perrons und erblickte fern im finsteren Trichter das Auftauchen von Triebwagenlampen, hörte das rasch nahende Rauschen und Rasseln, immer lauter und lauter, und würde angeweht von einem Wind, den der Zug vor sich her schiebt. Unsere so sichtliche Zufriedenheit gründete in dem Umstand, daß es noch viele unbesuchte Bahnhöfe gäbe, die allerlei unvorstellbar Unbekanntes für die Fahrgäste bereithielten. Vielleicht bloß vordem nie gesehene Reklameschilder oder ebenso zu charakterisierende architektonische Seltsamkeiten, tote Winkel, gefüllt von anheimelndem Abfall vergessener Historien, oder gar Gestalten ungewisser Herkünfte wie wir selber etwa. Dazu noch alles ausgestattet mit normalen Uhren unterschiedlicher Zeitangaben, vielfarbigen Signalanlagen, Münzautomaten mit unergründlichen Inhalten und verschlossenen Kiosken mit herabgelassenen Jalousien zum Anstacheln unserer Neugier.

Jede neu entdeckte Station erneuerte das Versprechen von einem ganz besonderen, ganz außerordentlichen Bahnhof, welcher sich im Zentrum des gesamten Liniennetzes befände, der absolute Bahnhof also, der sich jedoch – als sei er selber mobil – dem Betretenwerden bisher zu entziehen vermochte und dessen Name nie auf den Anzeigetafeln erschien. Für ihn gäbe es auch keine Tickets an den Schaltern, obgleich es einen ja nach nichts anderem sehnsüchtiger verlangte als nach ihm. Wahrscheinlich gelangte man nur durch Zufall zu dieser zentralen Station, falls man nämlich eine Route gewählt hätte, die entweder durch sie hindurchführte oder die man zum Umsteigen benötigte – wobei völlig offenbliebe, ob man sie überhaupt als den allerinnersten Kern der gigantischen Anlage identifizieren könnte, da einem ja jede genauere Kenntnis von ihrem Aussehen fehlte. Dennoch: Nur derartige fragwürdige Überlegungen würden das stete Unterwegssein erst komplett machen und diesem eine höhere Weihe, einen dauernden Ansporn verleihen, sich immer wieder den zischenden und schwankenden und betäubend lärmenden Wagen anzuvertrauen.

Die Farbe der Nacht

Daß wir keine Nachttiere sind, Schlafwandler höchstens, metaphorisch gemeint, darüber klären uns unsere Gedanken auf, indem sie sich uhrzeitgetreu verfärben. Niemand ist der Erfahrung entgangen, im Dunkel seines Schlafzimmers von Überlegungen geplagt, gar gefoltert zu werden, die bei Tageslicht der nächtlichen Bedrohlichkeit ermangeln. Sogar ursprünglich mindere Probleme, geringgewichtige Schwierigkeiten beginnen gen Abend hin zu wachsen, entfalten sich ungeahnt, bilden Verzweigungen und Verästelungen, an denen das Denken sich lebensmüde, aber schlaflos aufzuhängen vermag. Ob es nicht tatsächlich die Farbe der Nacht ist, diese undurchdringliche, Blindheit vortäuschende Finsternis, daß die Gedanken, die Vorstellungen den düsteren Ton des Unheils annehmen. Weil ja, sobald der Morgen anhebt und wir ins Licht hinaustreten, die Vorstellung des Schlimmen sich aufhellt, das Beängstigende einbüßt und als Bestandteil eingeübter Abläufe in deren beruhigende Chronologie zurücktritt.

Vielleicht aber saß doch jene Gestalt, das figurale Symbol der Nacht, mit ausgebreiteten schwarzen Schwingen unsichtbar auf unserem Kopfkissen, damit wir, Alltagsprodukte in jeder Hinsicht, unsere luziferische Existenz nicht allzu übermütig genössen.

»Vertrauenssache«

Aus festem Schlaf mitten in der Nacht aufwachen: in völliger und richtungsloser Finsternis. Nirgends der kleinste Lichtfleck zur Orientierung, nichts als nahtlose Schwärze. Sicher dauert es einige Augenblicke, bis man seinen Platz, das Bett, als selbstverständliche Stätte der Rückkehr wieder erspürt. Soweit ein Vorgang, ganz gewöhnlich und normal, der mit dem Rückfall in erneuten Schlaf enden würde. Käme nicht ein unerwartetes Moment hinzu, welches die Normalität ins Gegenteil verkehrte. Denn in diesem allumfassenden Dunkel vernimmt man, obwohl vermutlich allein im Schlafraum, deutlich die Atemzüge eines fremden Menschen. Weder hastig noch erregt, ein gleichmäßiges Atmen, das unsere sofortige Panik zur Folge hat – eine Panik als Eruption der Angst aus der Tiefe unseres Mißtrauens gegen eine Welt, von der wir schon lange nicht mehr anzunehmen wagen, daß in ihr noch über unseren Schlaf gewacht würde.

Neues von Sisyphos

Anfangs: Welch Triumph! Ein schon lange nicht mehr geglaubter Moment: Der Marmorblock ruht unbeweglich auf dem Gipfel, ohne jemals wieder in die Tiefe zu poltern. Es ist erreicht: Unendliche Geduld und Leidensfähigkeit besiegten die Tücke des Objekts. Was Wunder, daß Sisyphos Glück verspürte, gemäß der diesem Empfinden eigenen Reihenfolge: ungläubiges Staunen – Euphorie – Furcht vor dem Zorn der Götter. Dann machte sich der glückliche Sisyphos auf den Weg zu neuen Aufgaben, denn die Gewohnheit hatte ihn der Muße, gar dem Müßiggang dermaßen entfremdet, daß er nicht mehr beschäftigungslos existieren konnte. Doch an welche Tür er auch klopfte, niemand mochte oder vermochte ihm Arbeit zu geben. Und der Glückliche wurde unglücklich, da die Tage verrannen, ohne ihm eine in seinen Augen nützliche Tätigkeit zu bringen. So kehrte er verzweifelt zu seinem Berg zurück, stieß den Marmorblock in die Tiefe und begann aufs neue, ihn emporzurollen.

Inhalt